생사의 마당

샤오훙 단편소설

생사의 마당 生死場

개정신판 1쇄 발행 2014년 10월 24일

지 은 이 샤오훙(蕭紅)
옮 긴 이 원종례
펴 낸 이 최종숙
펴 낸 곳 글누림출판사

책임편집 이태곤
편　　집 권분옥 이소희 박선주 문선희 오정대
디 자 인 안혜진 이홍주
마 케 팅 박태훈 안현진
관　　리 구본준

주　소 서울시 서초구 동광로46길 6-6(반포4동 577-25) 문창빌딩 2층(137-807)
전　화 02-3409-2055(대표), 2058(영업), 2060(편집)
팩　스 02-3409-2059
전자메일 nurim3888@hanmail.net
홈페이지 www.geulnurim.co.kr
등록번호 제303-2005-000038호(2005.10.5)

정　가 12,000원
ISBN 978-89-6327-273-3 03820

출력/인쇄 · 성환C&P 제책 · 동신제책사 용지 · 에스에이치페이퍼

* 이 도서의 국립중앙도서관 출판예정도서목록(CIP)은 서지정보유통지원시스템 홈페이지(hhttp://seoji.nl.go.kr)와
　국가자료공동목록시스템(http://www.nl.go.kr/kolisnet)에서 이용하실 수 있습니다.(CIP제어번호: CIP2014029767)

생사의 마당
生死場

샤오훙蕭紅 단편소설
원종례 옮김

글누림

이미 4년 전의 일이다. 2월이었는데, 나와 유정은 상하이 짜베이(上海閘北)의 전쟁터에 빠져 눈으로 직접 중국인들이 도망치다가 사망하거나 사라지는 것을 보았다. 후에 몇몇 친구들의 도움을 받아 비로소 평화로운 영국 조계(英國 租界)로 들어갈 수 있었다. 길에 난민들이 가득하긴 했지만 주민들은 안전하고 편안했다. 짜베이와 4~5리밖에 안 떨어져 있어도 이렇게 다른 세상인데, 하얼빈의 상황이야 우리가 어떻게 상상할 수 있었겠는가?

이 소설의 원고가 내 책상에 도달한 것은 이미 올해 봄이었다. 나는 일찌감치 이미 짜베이로 돌아와 있고, 주변은 또다시 흥성한 세월을 회복했는데, 오히려 5년 내지 그보다 더 이전의 하얼빈을 보게 된 것이다. 이것은 물론 인물 묘사에 뛰어난 서사와 서경의 약도에 불과하다. 그러나 북방 인민들의 삶에 대한 굳고 강한 의지와 죽음에 대한 몸부림이 지배(紙背)를 뚫고 있다. 여성 작자의 섬세한 관찰과 비범한 필치가 명쾌한 아름다움과 신선함을 적지 아니 더해 주고 있다. 정신이 건전하긴 해도 문예를 깊이 증오하고 공리만 중시하는 사람이 만약 이 글을 본다면 그는 아주 불행할 것이다. 그는 어떤 소득도 얻을 수 없을 테니까.

문학사(文學社)에서 이 책을 출판하려고 원고를 중앙선전부의 서적·신문검사위원회에 제출했으나, 반 년 동안 계류하였다가 결국 불허했다고 한다. 사람이란 늘 사후에야 겨우 총명해지곤 하는데, 회상해 보면 이것은 정말 당연한 일이었다. 삶에 대한 굳고 강한 의지와 죽음에 대한 몸부림은 확실히 (국민당 정부의) 훈정(訓政)의 궤도에 크게 배치되는 것일 것이다. 금년 5월에 단지 「황제에 대해 간략히 논함(略談皇帝)」이라는 글 한 편으로 인하여 기염을 토하던 위원회는 홀연히 소멸하였으니 그야말로 '자기 자신을 법칙으로 삼은(以身作則)' 실지 대교훈이었다.

　'노예사(奴隷社)'가 피로 바꿔 모은 몇 푼의 돈으로 이 책을 출판하고자, 우리의 상급 기관에서 '자기 자신을 법칙으로 삼았던 (以身作則)' 그 반 년 후에 나에게 서문 몇 구절을 써달라고 하였다. 그러나 이 며칠 동안은 오히려 무수한 소문이 떠돌고, 짜베이의 풍요로운 주민들이 또 머리를 감싸고, 숨고, 거리에 짐차와 사람들이 낙역부절 오가고, 길가엔 흰색과 황색 두 종류의 외국인들이 미소를 머금고 예의와 양보의 나라의 흥성한 상황을 감상하고 있다. 스스로 안전지대에 있다고 생각하는 신문사의 신문은 목숨을 건지기 위해 도망치는 이런 사람들을 '못난이(庸人)' 혹은 '우민(愚民)'이라고 부른다. 그러나 나는 그들은 아마 총명한 사람들일 것이라고 생각한다. 적어도 이미 경험에 비춰 반짝이고 매끄러운 상투적인 문장은 믿을 수 없다는 것을 아는 것이다. 그들은 그래도 기억력이 있다.

지금은 1935년 11월 14일 밤인데, 나는 등불 아래에서 『생사의 마당』을 다시 한 번 읽었다. 사방은 죽은 듯이 고요하다. 흔히 들리던 이웃 사람들의 얘기소리도 없다. 음식물 장수들의 외침소리도 없다. 그러나 가끔 멀리서 짖는 개 소리는 들린다. 생각해 보면 영국과 프랑스 조계(英法 租界)는 틀림없이 이런 상태가 아닐 것이다. 하얼빈도 역시 이런 상태가 아닐 것이다. 나와 그곳 주민들은 피차간 모두 다른 마음을 품고 다른 세계에서 살고 있다. 그러나 내 마음엔 현재 오래된 우물 속의 우물물처럼 작은 물결도 일어나지 않는다. 마비되어 이상의 글을 썼으니, 이것은 그야말로 노예의 심리이다! 그러나 그래도 만약 독자의 마음을 흔들었다면? 그러면 우리는 절대 노예는 아닌 것이다.

그러나 편안히 앉아서 하는 내 고민을 듣느니 차라리 다음의 『생사의 마당』을 읽는 게 낫다. 그녀(샤오훙)만이 당신들에게 꿋꿋하게 몸부림 칠 힘을 줄 것이다.

루쉰(魯迅)
1935년 11월 4일

차례

생사의 마당

밀 타작마당

염소 한 마리가 큰길가에서 느릅나무 뿌리 끝을 씹고 있다.

성 밖에 길게 뻗어 있는 큰길은 느릅나무 그늘로 가려져 있다. 이 큰길을 걸으면 마치 흔들리며 하늘을 가리고 있는 우산 속을 걸어가는 듯한 느낌이 든다.

느릅나무 껍질을 우물우물 씹고 있는 염소의 수염에 끈끈한 침이 흘러내리고 있다. 바람에 나부끼는 이 끈끈한 침은 비누 거품 같기도 하고 또 굵고 묵직한 실 가닥 같기도 하다. 끈끈한 침이 염소의 발까지 흘러내렸다. 느릅나무는 부스럼 병이 난 것 같다. 느릅나무엔 커다란 흉터가 있다. 염소는 이젠 나무 그늘에서 잠을 자고 있다. 흰 주머니 같은 뱃가죽이 불룩 솟아올랐다 폭 들어갔다 하며 들먹인다.

채소밭에 어린아이 하나가 천천히 아장아장 걷고 있다. 밀짚모자를 눌러 쓴 게 아이는 커다란 한 송이버섯 같아 보인다. 나비를 잡는지, 메뚜기를 잡는지, 어린아이는 정오의 태양 아래 서 있다.

얼마 지나지 않아 절룩거리며 걷는 농부가 채소밭에 나타났다. 배추는 염소와 아주 비슷한 색깔을 띠고 있다.

채소밭과 이웃한 남쪽 밭은 푸른 이삭이 팬 수수밭이다. 어린아이가 수숫대 사이를 뚫고 들어간다. 많은 수수 이삭들이 부딪쳐서 머리 위로 떨어진다. 때때로 얼굴을 때리기도 한다. 이파리들이 엇갈리며 소리를 낸다. 때로는 피부를 아프게 찌르기도 한다. 그곳은 녹색의 달콤한 세계인지라 확실히 훨씬 더 시원하다. 얼마 지나지 않아 어린아이는 안간힘을 써서 또다시 수수밭을 다 벗어났다. 그러자 태양이 그의 머리카락을 불태우듯 뜨겁게 내리비춘다. 영리한 아이는 모자를 눌러 쓴다. 채소밭을 뒤덮고 있는 높고 텅 빈 푸른 하늘엔 구름 한 점 없다. 짤막한 버드나무 가지가 아이의 겨드랑이에 껴 있다. 아기는 걸을 때, 두 무릎을 멀리 벌리고 두 개의 발부리를 안쪽으로 향하여 오므리는 까닭에 두 다리로 동이를 안고 가는 것 같은 모습으로 걷는다. 절름발이 농부는 아이가 자기 아이라는 것을 알아보고 멀리서 잠긴 목소리로 묻는다.

"루오취앤투이(밭장다리 羅圈腿)* 야아! ……못 찾았니?"

---

* 뒤틀린 다리.

이 아이의 이름은 그 아이를 썩 잘 묘사해 주고 있다. 그 애는 '못 찾았어'라고 대답한다.

채소밭 가에 나 있는 좁디좁은 길바닥은 들풀로 수놓여 있다. 이 짧은 길을 지나가면 얼리빤(二裏牛)의 집이 나타난다. 그의 집 앞에는 잎들이 살랑거리는 버드나무가 서 있다. 버드나무 밑을 거닐 때마다 얼리빤은 살랑살랑 살랑거리는 버드나무 잎들을 보곤 한다. 버드나무는 매일 이랬고, 그도 매일같이 발걸음을 멈추곤 했는데, 오늘 그는 처음으로 전례를 깨뜨렸다. 모든 것을 잊은 채 오로지 자신이 유난히도 심하게 절룩거린다는 생각만 든다. 한걸음 한걸음이 마치 구덩이 속으로 빠져 드는 것 같다.

흙집 둘레에는 나뭇가지를 엮어 만든 울타리가 삥 둘러 쳐져 있다. 버드나무 그림자가 절반쯤 마당에 드리워져 있다. 곰보 아줌마(麻面婆)가 버드나무 그늘에서 옷을 빨고 있다. 정오의 들과 밭은 고요하기만 하다. 나비들만 꽃을 위해서는 태양이 그들의 날개를 태워 버려도 두렵지 않다는 듯이 여기저기 훨훨 날고 있다. 삼라만상이 모두 숨어 버린 것 같다. 개들도 그늘진 곳을 찾아가 자고 있다. 벌레들도 적막 속에 숨어 버렸는지 울고 있지 않다.

땀방울이 구슬처럼, 콩알맹이 같은 곰보 아줌마 얼굴의 곰보자국을 하나하나 적시며 흘러내린다. 곰보 아줌마는 호랑나비가 아니므로, 그녀의 얼굴에는 인광처럼 번쩍이는 날개 대신 도장을 찍은 듯한 곰보자국이 빛날 뿐이다.

두 마리의 호랑나비가 팔랑거리며 곰보 아줌마를 스치고 날아간다. 그녀가 젖은 손으로 날고 있는 호랑나비를 후려친다. 한 마리가 떨어져 대야 물에 빠져 죽는다. 그녀는 몸을 앞으로 구부리고 계속 빨래를 비빈다. 땀이 입 언저리로 흘러내리자 그녀는 혀를 내밀어 약간 찝찔한 맛을 핥아본다. 땀은 눈까지 흐른다. 이번에는 굉장히 따갑다. 그녀는 급히 젖은 손으로 땀방울을 닦아내고, 쉬지 않고 또다시 빨래를 한다. 그녀의 눈은 마구 비벼댄 탓에 울고 난 것처럼 더럽고 우스꽝스럽게 동그란 모습을 하고 있다. 좀 멀리서 보면 그녀의 눈은 평극(平劇) 무대 위의 추(丑)*와 비슷하다. 눈자위가 하도 커서 소 눈알보다 더 커 보인다. 게다가 얼굴에 일정하지 않은 모양의 꽃무늬까지 있다.

흙집의 창과 문은 텅 빈 구멍처럼 보인다. 곰보 아줌마는 문안으로 들어간다. 또 빨아야 할 옷가지를 찾으려고 하는 것이다. 그러나 방바닥에서 반사되고 있는 햇빛을 보자 당황해 한다. 옷을 집어올 수가 없다. 눈이 어지러웠던 것이다. 밝은 곳에 있다가 갑자기 등불도 없는 칠흑 같은 어둠 속으로 들어간 것 같다. 그녀는 잠시 쉬었다. 대단히 시원하다. 잠시 후 그녀는 자리 밑에서 자신의 바지를 빼낸다. 그녀는 바지로 땀을 닦으며 대야를 놓아둔 나무 그늘로 돌아가 이미 더러워진 대얏물 속에 바지를 담근

---

* 중국 연극의 어릿광대 역.

다.

대얏물 속의 바지는 아직 깨끗이 빨아진 것 같지 않은데, 울타리에 걸쳐졌다. 벌써 다 빤 걸까? 곰보 아줌마의 일은 해도 해도 끝이 없다. 필요할 땐 그녀는 하던 일을 잠시 중단하고 다른 일을 하곤 한다.

옆집의 굴뚝에서 짙은 연기가 솟아나와 바람에 흩어져 온 마당에 가득 퍼진다. 연기가 그녀의 눈을 침침하게 한다. 식구들이 밥 먹으러 돌아올 것이라는 생각 때문에 마음이 다급하다. 그녀는 더러운 물에 담갔던 손을 닦지도 않고, 불쏘시개로 쓸 밀짚을 가지러 울타리 모퉁이로 간다. 밀짚이 그녀의 손에 잔뜩 달라붙는다. 그녀는 아랑곳하지 않고 밥을 짓는다. 그러는 동안 그녀는 손을 한 번도 맑은 물에 씻지 않는다. 그녀의 집 굴뚝에서도 연기가 솟아오른다. 잠시 후 그녀는 또 땔감을 가지러 나간다. 그녀는 밀짚을 한 아름 안고 걷는다. 절반은 땅에 질질 흘리고, 또 절반쯤은 앞치마 자락에 달라붙는다. 머리카락이 바람에 나부껴 그녀의 얼굴을 온통 뒤덮는다. 이럴 때의 곰보 아줌마는 마치 한 마리 암곰 같아 보인다. 밀짚을 한 아름 안고 걷는 그녀의 모습은 암곰이 풀을 안고 동굴 속으로 들어가는 것 같다.

짙은 연기가 태양을 가린다. 마당이 삽시간에 깜깜해진다. 마당에 가득 찬 연기는 구름 같다.

울타리에 널어놓은 옷에서 물이 뚝뚝 떨어진다. 더러운 공기를 찌고 있는 듯하다. 온 마을이 불기운으로 질식하고 있다. 한낮의 태양은 모든 것을 집어삼킬 듯 위세를 떨치고 있다.

"제기랄! 어떤 놈이 훔쳐 갔나봐."

얼리빠은 심하게 절룩거린다. 그는 엉덩이를 뒤쪽으로 쑥 내밀며 일정한 각도로 절룩거리곤 한다. 그는 염소를 어루만져 주고 싶은 생각이 들어 염소를 매어 두었던 풀밭으로 나간다. 그러나 염소란 놈은 어디 있을까?

"제기랄, 누가 염소를 훔쳐 갔냐? 나쁜 놈!"

곰보 아줌마가 남편의 욕지거리를 듣고 황급히 달려 나와 눈부신 햇살 때문에 실눈을 가늘게 뜨고 말한다.

"밥이 늦었지요? 당신이 돌아오지 않는 것 같아 옷 몇 가지를 좀 빨았어요."

곰보 아줌마가 말하는 소리를 듣고 있으면 마치 돼지가 말하는 소릴 듣는 것 같다. 그녀의 성대는 아마 돼지의 그것과 똑같은 모양이다. 그녀는 언제나 돼지가 꿀꿀거리는 듯한 음성을 낸다.

"아이구! 염소를 잃어 버렸어. 하기야 너같이 바보 같은 여편네에게 말해 보았자 무슨 소용이 있겠냐만."

염소를 잃어버렸다는 말을 듣자, 그녀는 땔감으로 쌓아 놓은 밀짚더미로 달려가 뒤적거린다. 왜냐하면 언젠가 한 번 염소가 밀짚더미 속으로 기어들어 갔던 일이 기억났기 때문이다. 그러나 그것은 겨울에 있었던 일이다. 염소는 추위를 피해 기어들어 갔던 것이다. 그녀는 이처럼 찌는 듯 뜨거운 6월의 날씨에는 오로지 그녀만큼 멍청한 염소나 밀짚더미 속을 뚫고 들어가 찜질을 하려 들 것이라는 생각을 미처 하지 못한다. 밀짚더미를 뒤적이느라 머리카락 사이에 여기저기 온통 지푸라기가 나붙었으나 그녀는 개의치 않는다. 그녀의 남편은 그러는 그녀를 말리려고, 무슨 이유로 그러느냐고 묻는다. 그러나 그녀는 시종 묵묵부답이다. 그녀는 작은 기적을 일으키고 싶은 것이다. 그리고 그녀가 일으킨 이 기적으로 인하여 앞으로는 사람들이 자신을 존중해 주기를 간절히 소망해 본다. 자기가 멍청하지 않다는 것을 입증하기 위해서, 그녀도 경우에 따라서는 지혜롭다는 것을 보여주기 위해서, 그녀는 개처럼 밀짚더미 속을 피곤해질 때까지 뒤적인다. 마침내 지쳐버린 그녀는 손으로 머리카락 사이에 붙어 있는 밀짚을 뽑아내며 주저앉는다. 뜻밖에도 그녀는 자기의 총명이 쓸데없다는 것을 깨닫는다. 그녀는 문득 자기 자신에 대하여 실망한다.

잠시 후 이웃 사람들도 뜨거운 태양 아래 사방으로 흩어지며 염소를 찾아 나선다. 솥에서는 이미 김이 모락모락 솟아오르고 있다. 그러나 곰보 아줌마도 사람들의 뒤를 따라나선다.

얼리빤은 집을 나선 지 얼마 안 되어 루오취앤투이를 만났다. 아이가 말한다.

"아빠, 나 배고파!"

얼리빤이 말한다.

"집에 돌아가 밥 먹어."

그러다 얼리빤이 몸을 돌려 보니 그의 마누라가 짚단 같은 모습을 하고 뒤따라오고 있다.

"이 여편네야! 뭐 하러 와? 애 데리고 가서 밥이나 먹어."

그는 말을 하면서도 멈추지 않고 절룩거리며 앞으로 걸어간다.

노오란, 아니 누르스름한 밀밭에는 짧은 밀 그루터기만 남아 있다. 멀리서 바라다보면 황량하기 그지없는 밀밭은 사람을 슬프게 만든다. 밀밭 끝 우물가에서 누군가가 물을 긷고 있다. 얼리빤은 한 손을 눈썹에 대고 이리저리 둘러보다가 문득 그 우물 쪽으로 가보고 싶은 생각이 들었다. 우물가를 둘러보았으나 아무 것도 없다. 우물에 떠있는 물 푸는 바가지로 물 밑 깊은 곳을 휘휘 저어 보았으나 역시 아무 것도 없다. 물바가지를 걸어 놓고 우물가에 엎드려 우물물을 마신다. 목구멍으로 물 넘어가는 소리가 마치 말이 물을 마시는 소리처럼 들린다.

왕씨 아주머니는 대문 앞 풀밭에서 쉬고 있다.

"밀 타작은 어때요? 나는 염소를 잃어버렸어요!"

얼리빤의 푸르뎅뎅한 얼굴은 염소를 잃어버린 탓으로 더욱 파리해 보인다.

'미애―미애―'

염소가 우는 소린가? 아니다. 염소가 우는 소리가 아니라 염소를 찾는 사람들이 외치는 소리이다.

나무 그늘 밑으로 몇 대의 벽돌차가 지나간다. 운전사들이 떠들고 있다. 염소는 낮잠에서 깨어난다. 염소는 자고 일어난 후의 멍청한 기분에서 헤어나지 못한 채 뿔로 온몸의 털을 뽑아내고 있다. 녹색의 나뭇잎에 반사되어 염소는 옅은 황색으로 보인다. 오이장수가 길가에서 혼자 오이를 먹고 있다. 벽돌차의 행렬이 물결 같은 먼지를 일으키며 숲 그늘을 벗어나 시내로 들어가는 큰길을 달리고 있다. 염소는 고독하다. 염소는 낮잠을 다 자고, 나무껍질 식사를 끝마쳤다. 그리고는 집으로 가려나? 염소는 집으로 돌아가지 않는다. 염소는 여러 그루의 높은 나무를 지나치며 많은 잎사귀들이 바람결에 속삭이는 소리를 듣는다. 염소도 시내로 들어가려나? 염소는 시내로 들어가는 큰길을 달려간다.

'미애—미애—' 염소가 우는가? 염소가 우는 것이 아니라 염소를 찾는 사람들이 부르짖는 소리이다. 얼리빤은 다른 사람들보다 더욱 큰 소리로 외쳐댄다. 그 소리는 양이 우는 소리 같지 않고 소가 우는 소리 같다.

결국 얼리빤은 이웃들과 몸싸움을 하였다. 그러다가 그의 모자가 줄 끊긴 연처럼 그의 머리를 떠나 먼 곳으로 표표히 날아갔다.

"네 이놈! 우리 배추를 밟아 뭉갰구나! 너…… 너 이놈!"

얼굴이 붉고 키가 큰 그 사람은 마왕 같았다. 얼리빠은 두 눈에 불똥이 튀기도록 호되게 뺨 한 대를 얻어맞았다. 홧김에 그는 자기 옆에 있는 작은 나무를 뽑아버리려고 하였다. 어린 나무가 아무런 이유 없이 박해를 당하게 된 것이다. 그 집 여인이 달려 나와 장항아리를 젓던 갈퀴를 던졌다. 갈퀴에서 장물이 뚝뚝 떨어진다.

그는 갈퀴가 날아오는 것을 보자 뽑으려던 나무를 그냥 놔두고 집을 향해 뛰었다. 밀짚모자는 그토록 오랫동안 즐겨 썼음에도 불구하고 고독하게 우물가에 버려졌다.

얼리빠이 마누라에게 욕을 한다.

"멍텅구리, 누가 니가 지은 탄 밥을 먹겠대!"

그의 얼굴은 말대가리처럼 길다. 곰보 아줌마는 놀라서 어리석고 멍청한 행동을 한다. 그녀는 염소를 찾지 못했다는 것을 알았다.

잠시 후 그녀는 밥 쟁반을 놓아둔 곳으로 가서 훌쩍인다.

"내…… 염소, 내가 하루하루 먹여서…… 길렀는데. 내가 어루만지며 키운 것인데."

그녀는 원망할 줄 모르는 성격이다. 남편이 그녀를 욕한다거나, 이웃 사람들이 그녀에게 시비를 건다거나, 혹은 어린아이들이 그녀를 괴롭힌다거나 하는 따위의 불쾌한 일을 당하면 그녀는 언제나 촛농처럼 녹아내린다. 그녀의 성격은 반항하거나 싸우기를 좋아하지 않는다. 그녀의 마음은 영원한 슬픔을 저장하고 있는 것 같다. 그녀의 마음은 언제나 시든 목화송이 같다. 그녀는 훌쩍이며 밖으로 나가 햇볕에 마른 옷들을 걷어 가지고 들어온다. 잃어버린 염소에 대해서는 절대 마음을 쓰고 싶지 않다.

그러나 여행을 할 줄 아는 염소는 외양간에서 끊임없이 가려운 데를 긁고 있다. 그 때문에 판자집 문짝이 곧 떨어져 나갈 듯하다. 문짝이 떨어질 듯 삐걱삐걱 소리 내고 있다.

오후가 되었다. 얼리빤은 아직도 온돌 위에 앉아 있다.

"제기랄. 염소 따윈 잃어버리려면 잃어버리라지. 염소를 집안에 두는 것은 재수 있는 일은 아니야."

그러나 그의 마누라는 염소를 기르는 것이 어째서 재수 없는 일인지 이해할 수가 없다. 그녀가 말한다.

"흥. 그렇다고 멀쩡히 잃어버려요? 내가 잠시 찾아 봐야지. 내 생각에는 틀림없이 수수밭에 있을 것 같은데."

"당신은 그래도 찾으러 가는 거야? 그러지마. 잃어버렸으면 잊어버려!"

"내가 그 놈을 찾을 수 있다니까."

"아이고! 염소 찾다가 또 다른 사고 낼라."

그의 머릿속에 뺨을 맞았던 일이 생생하게 떠오른다. 밀짚모자가 줄이 끊긴 연처럼 날아가 떨어지고, 장 묻은 갈퀴에서 간장이 뚝뚝 떨어지고, 작은 나무를 거의 뽑아버릴 뻔 했는데. 뽑을 뻔 했었는데……. 얼리빤은 마음속으로 이 좋지 못한 기억을 되새긴다.

그의 아내는 이 일을 알지 못한다. 그녀는 수수밭을 향해 간다. 나비와 또 다른 벌레들이 부산하게 움직이고 있다. 밭에는 사람들이 일을 하고 있다. 그녀는 밭에서 일하고 있는 여자들에게 말을 걸지 않고 지나친다. 그루터기만 남아 있는 밀밭을 지나간다. 밀밭을 지나가는 그녀의 모습은 작은 파충류 같다. 햇빛은 정오보다 훨씬 무더졌다. 벌레들의 울음소리가 더 크게 들린다. 점점 더 많은 벌레들이 날고 있다.

왕씨 아주머니는 일하고 남는 시간이면 언제나 그녀의 파란만장한 운명에 대한 얘기를 늘어놓는다. 그녀는 얘기의 비극적 효과를 위해 '부드득 부드득' 소리를 내며 이를 갈곤 한다. 그렇게 하여 그녀는 자기 가슴속의 분통과 오랜 세월 묻어 두었던 노여움을 표시한다. 별빛 아래에서 주름살투성이인 그녀의 얼굴은 붉으락푸르락 한다. 눈이 푸른빛을 발하고 있다. 그녀의 눈은 크고 둥근 모양이다. 흥분되는 대목을 얘기할 땐 격앙된 나머지 씩씩거리며 앞뒤 없이 횡설수설한다. 이웃 아이들은 그녀를 '수리부엉이'라고 부르곤 하는데, 그녀는 아이들이 이렇게 놀리면 격분한다. 그녀는 자신이 그런 괴물 같은 모습일 리가 없다고 생각한다. 그래서 그녀는 무엇을 깨뜨리기라도 했을 때처럼 가래부터 뱉기 시작한다.

엄마들이 왕씨 아주머니를 놀리는 아이들을 때리면 아이들은 한 쪽으로 가서 울곤 한다. 이쯤 되면 왕씨 아주머니는 이야기를 마치고 창문을 통해 방 안으로 기어들어가 잠을 자야 할 것이다. 그러나 그녀는 아이들이 우는 것에 신경을 쓰지 않고, 마치 울음 소리를 듣지 못한 것처럼 여전히 얘기를 계속하곤 한다. 그 해엔 밀농사가 잘 되어 그녀는 다른 해보다 소 한 마리를 더 살 수가 있었다. 그런데 그 소가 또 송아지를 낳았는데 그 송아지가 그 후 어떻게 되었더라……. 그녀의 이야기는 언제나 오르락내리락 하는 어조로 이어진다. 그 소는 무슨 색이었더라? 매일 얼마만큼 의 물과 풀을 먹었더라? 심지어는 소가 어떤 자세로 잠을 잤던가 하는 것까지 이야기하려고 한다.

그러나 오늘밤은 귀찮아하는 아이가 하나도 없다. 왕씨 아주머 니는 이웃 부인들과 함께 돼지 사료용 겨더미 위에 앉아서 이야 기를 늘어놓고 있다. 그녀의 이야기가 흐르는 물처럼 밤의 공간 으로 퍼져 나간다.

하늘에는 구름이 빠른 속도로 흘러가고 있다. 달이 구름 주변 으로 숨어들 때엔 구름은 마치 연기처럼, 불붙은 연탄 무더기처 럼 곧 불타오를 것 같다. 잠시 후 달은 구름산 속에 완전히 파묻 혀 버린다. 개구리 울음소리조차 들리지 않는다. 반딧불만 반짝

거리며 날고 있다.

동굴 같은 방 안에 코고는 소리가 진동을 한다. 사방으로 흩어진 음파가 온 마당을 가득 채운다.

하늘 저쪽 끝에 작은 번갯불이 끊임없이 번쩍이고 있다. 왕씨 아주머니의 이야기는 하늘의 구름과 대비를 이루고 있다.

"……아기가 세 살일 때, 내가 그 계집애를 떨어져 죽게 했네. 그 어린 것 때문에 나는 거의 폐인이 되다시피 했지. ……그날 아침 ……어디 생각해 보자! ……그래 아침이었어. 나는 그 애를 밀짚더미 위에 앉혀 놓고, 소에게 먹이를 주러 갔었어. 밀짚더미는 집 뒤에 있었지. 어린애 생각이 나서 그 애를 안아 주려고 뛰어가 보았더니 밀짚더미 위에 앉아 있어야 할 아이가 안 보였어. 밀짚더미 밑에 쟁기가 놓여 있는 것을 보니까 불길한 예감이 들더군! 안타깝게도 아이는 쟁기 위에 떨어져 있지 뭐야. 나는 그래도 아직 살아 있겠거니 하고 생각했었어. 내가 안아 올리자…… 아아!"

한줄기 섬광이 그녀의 눈에서 번뜩인다. 유령처럼 흥분한 왕씨 아주머니의 모습이 분명히 보인다. 밀밭 전체와 수수밭, 채소밭 등이 번갯불 속에 윤곽을 드러낸다. 둘러앉은 부인들은 오싹한 기분을 느낀다. 무엇인가 싸늘하고 두려운 것이 그녀들의 얼굴을 향하여 다가오는 듯한 느낌이다. 섬광이 가시자 왕씨 아주머니의 얘기 소리가 또 계속된다.

"……아아! ……나는 그 애를 밀짚더미 위에 떨어뜨려 버렸어. 피가 온통 밀짚더미 위에 흘러내렸어! 그 애의 손은 바들바들 떨리고, 피가 분수처럼 코와 입에서 마구 쏟아져 나오는데 목이 부러진 것 같더군. 나는 그 애 뱃속에서 소리가 나는지 들어보았지. 강아지가 차바퀴에 치어 죽은 것과 똑같았어. 나는 강아지가 차에 치어 죽는 것을 직접 본 적이 있거든. 사실 나는 별의별 것을 다 보았으니까. 이 마을의 누군가가 애를 가졌는데 사정상 기르지 못하게 되었을 경우 나는 고리나 채소 뜯는 칼로 아기를 엄마 뱃속에서 긁어냈다네. 애가 죽는 것은 뭐 별 것 아니야. 자네들은 내가 미쳐서 날뛰며 울었으리라고 생각하나? 내가 비명을 질렀으리라고 생각하나? 처음엔 내 마음도 떨리는 것 같았어. 그러나 눈앞에 있는 밀밭을 보자 나는 조금도 후회가 되지 않았어. 나는 눈물 한 방울 흘리지 않았어. 그해 밀 수확은 대단히 좋았지. 밀은 내가 베었지. 마당에서 두드려 놓은 밀을 한 알 한 알 주우며, 나는 그해 가을 내내 발을 멈춰 본 적이 없어. 한가로이 누구와 얘기를 나누어 본 적도 없고 숨도 한 번 길게 쉬어 본 적이 없었던 것 같아. 그렇게 가을이 지나고 겨울이 되었지. 겨울이 되어 이웃 사람들과 밀알을 비교해 보았더니, 우리 밀알이 얼마나 더 크던지! 겨울이 되자 내 허리는 심하게 구부러졌어. 수중에는 커다란 밀알을 쥐고 있었지만. 이웃집 아이들은 무럭무럭 자라나더군! ……그때에야 나는 갑자기 우리 샤오쭝(小鐘)이 생각이 나는 것 같더라구."

왕씨 아주머니는 옆에 있는 부인을 살짝 밀치며 머리를 흔들었다.

"우리 아기의 이름이 샤오쫑이었어! ……나는 며칠 밤을 계속해서 괴로워하며 잠을 못 자고 지새웠어. 밀이 다 무엇이람? 그때부터 나는 밀도 별로 소중히 여기지 않게 되었어! 이제 난 아무 것도 소중히 생각하지 않아. 그 때 나는 겨우 스물 몇 살이었으니까."

번갯불이 계속해서 번쩍인다. 왕씨 아주머니는 말하는 유령처럼 묵묵히 번갯불 속에 앉아 있다. 이웃 부인들은 서로서로 쳐다보며 오싹한 기분을 느낀다.

개 한 마리가 밀밭에서 미친 듯이 짖어대며 이쪽으로 달려온다. 구름이 잔뜩 낀 밤은 사람들에게 아무 것도 말해 주지 않는다. 갑자기 한 줄기 섬광 속에 누렁이가 꼬리를 바싹 말아 붙이고 얼리빤을 향하여 짖어대며 다가가는 것이 보인다. 번갯불이 스쳐가자 누렁이는 또 밀짚더미로 돌아간다. 밀짚 부러지는 작은 소리가 들린다.

"셋째 형 집에 없어요?"

"잠들었어요."

왕씨 아주머니는 또다시 그녀의 침묵 속으로 되돌아간다. 대답하는 그녀의 목소리에 마치 빈 병이나 또는 그 밖의 텅 빈 물건에서 울려 나오는 듯한 울림이 있다. 돼지 사료용 등겨 위에는 그녀 혼자만이 화석처럼 남아 있다.

"셋째 형! 또 셋째 형수와 말다툼 했우? 형은 늘 형수와 말다툼하는데, 그러다 평안한 세월을 망쳐 버릴 거요?"

얼리빠은 아내에게 관대하게 대할 수 있기 때문에 자기 느낌으로 다른 사람을 잰다.

짜오싼(趙三)은 담배에 불을 붙인다. 그의 붉은 얼굴에 웃음이 번진다.

"나는 아무와도 다투지 않았어."

얼리빠은 허리춤에서 담뱃대를 풀어내며 조용조용 말한다.

"나는 염소를 잃어버렸었어. 조 형은 몰랐지? 그런데 그놈이 또 돌아왔지 뭐야. 나대신 이 염소 살 사람을 알아봐 줘. 이 염소를 그냥 놔두면 재수가 없을 것 같아."

짜오싼이 껄껄 너털웃음을 짓는다. 커다란 손과 붉은 얼굴이 번갯불에 나타난다.

"하하하…… 오히려 나쁘지 않은 걸. 자네 모자가 우물가로 날아가 빙빙 돌았다면서!"

얼리빠은 문득 또다시 자기 옆에 있는 작은 나무를 보았다. 거의 붙잡을 뻔했는데. 거의 꼭 붙잡았는데. 환상이 사라지자 그는 자신이 얻어맞았다는 소문이 이미 동네에 죽 퍼졌음을 눈치 챘다. 그는 담뱃재를 비비며 변명을 했다.

"그 여편네는 인정머리가 없는 사람이야. 염소를 잃어버리고서도 찾으면 안 된다는 법이라도 어디 있단 말인가? 그녀는 내가 자기네 배추를 밟았다고 억지를 부렸지만. 이봐, 내가 그녀와 치고받고 싸울 수는 없잖아?"

머리를 흔들며 굴욕을 당한 듯 시무룩해져 그는 담뱃대를 빤다. 염소는 재수 없는 짐승인 것 같다는 생각을 뼈저리게 하면서. 염소가 자기 체면을 깎아내린 것이다.

번갯불이 또 번쩍인다. 짜오싼이 온돌 가에서 일어서며 커다란 손바닥으로 눈을 쓱 문지른다. 그가 갑자기 큰 소리로 외친다.

"비가 올까 걱정이네. 야단났군! 밀 타작을 못 끝내고 타작마당에 쌓아 두었는데."

짜오싼은 소나 키우고 농사나 짓는 것만으로는 부족하다는 생각이 들어 시내로 들어가 발전을 꾀해야겠다는 생각이 들었다. 그는 매일 시내로 들어가느라고 밀에 대해서는 점점 신경을 덜 썼다. 다른 종류의 장래성 있는 사업을 꿈꾸는 것이다.

"저 여편네! 왜 밀을 살펴보러 안 가지? 틀림없이 밀이 빗물에 떠내려가려고 있을 텐데."

짜오싼은 습관적으로 그녀가 늘 그랬듯이 마당 가운데 앉아 있을 것이라고 생각한다. 번갯불이 또 번쩍인다. 천둥이 울고 바람소리도 난다. 어두운 밤 촌마을을 천둥과 비바람 소리가 뒤집어엎고 있다.

"나 여기 있어요. 헛간에 가서 자리를 가져다 밀을 덮어요"

아내의 외침 소리가 번갯불이 번쩍이는 밀 마당에서 들려온다. 그 소리는 무엇인가에 부딪친 듯이, 마치 물속에서 울려 나오는 듯 울림을 지녔다. 왕씨 아주머니가 또 목구멍을 진동시킨다.

"서둘러요! 쓸모없는 사람! 잠만 푹 자다니. 당신은 요령을 몰라!"

짜오싼은 쏟아질 비에 대한 공포 때문에 그녀와 말다툼을 하지 않는다.

수수밭이 절단날 것 같다. 밭 끝에 있는 느릅나무가 바람에 불려 금속성의 소리를 낸다. 번갯불에 온 마을의 모습이 나타났다 사라졌다 한다. 마을은 바다에 떠있는 물거품 같다. 원근의 이웃 집들에서 아이들 울음소리가 들린다. 어른들이 큰 소리로 외쳐댄다. 장독을 안 덮었다느니, 병아리를 가두라느니 하고 밀 농사를 지었던 사람들은 아직 밀 타작을 못했다고 외쳐댄다. 농촌은 닭장 같이 변했다. 불붙은 닭장 속의 닭들이 푸드득푸드득 거리듯 그렇게 난리법석이었다.

누렁이가 풀더미 속에 잠자리를 마련하기 시작한다. 다리로 밀짚을 파헤치고 입으로 밀짚을 끌어당겨. 왕씨 아주머니는 바들바들 떨리는 손에 갈퀴를 쥐고 있다.

"죽어 마땅한 놈. 밀은 오늘로 타작을 마쳤어야 하는 건데. 당신은 오늘 시내에 들어가더니만 돌아오는 꼴이 안 보이니. 밀이 아깝게 됐구먼."

번갯불이 번쩍이고 있는 가운데 얼리빤은 자기 집에 가까스로 도착했다. 빗방울이 떨어지기 시작하더니 나뭇잎에서 후두둑후두둑 소리가 난다. 빗방울이 머리에 떨어지자 그는 이마를 만져본다. 그러나 밀짚모자가 없다. 밀짚모자를 잃어버렸다는 생각 때문에 얼리빤은 걸으면서도 새삼 염소가 원망스럽다.

새벽이 되었다. 비는 아직 내리지 않았다. 동쪽에 한줄기 긴 무지개까지 떴다. 습기가 느껴지는 구름이 머리 위를 스쳐간다. 동쪽 수수밭의 수수 위로 태양이 구름 뒤를 쫓아가고 있다. 태양은 너무나 아름답고 밝아, 빨간 수정 같다. 한 덩어리 빨간 꿈 같기도 하다. 멀리서 보면 수수와 잡목림이 한결같이 짙푸르다. 마을 사람들은 서늘한 아침 한나절을 놓치지 않으려고 모두 밭에서 바삐 일하고 있다.

짜오싼의 집 앞 밀 타작마당에 아이 하나가 말을 끌고 있다. 아직 어린 말이기 때문에 말은 꼬리를 흔들며 작은 주인을 따라 밀 마당으로 걸어 들어온다. 망아지는 밀 타작마당에 놓여 있는 돌고무래를 주둥이로 건드려보기를 즐긴다. 앞발로 부드럽고 평평한 땅을 몇 번 힘차게 차보다가 무엇을 찾는 것처럼 매우 듣기 거북한 소리로 울기 시작한다.

왕씨 아주머니가 넓은 소매의 짧은 웃옷*을 입고 평평한 밀

---

* 단오(短襖).

타작마당을 향해 걸어간다. 그녀의 머리카락은 어지럽게 뒤엉켜 있다. 아침의 빨간 햇살에 비쳐 마치 밭에 있는 익은 옥수수의 수염 같다. 빨갛고 꼬불꼬불 도르르 말린 게 영락없다.

망아지가 소리쳐 주인을 불러낸다. 망아지는 돌고무래에 매이기를 기다린다. 돌고무래에 매이자 꼬리를 흔든다. 끊임없이 꼬리를 흔들어댄다. 망아지는 아주 온순하고 유쾌하다.

왕씨 아주머니는 약간 젖은 멍석을 쓰다듬어 보다가 한쪽으로 끌고 간다. 어린아이가 달려가 그녀를 돕는다. 밀 이삭이 평평한 마당에 가득 널렸다. 왕씨 아주머니는 갈퀴를 들고 한쪽에 서 있다. 어린아이가 즐거운 듯이 달려가 타작마당 한가운데에 선다. 말이 아이의 둘레를 빙빙 돌며 뛰기 시작한다. 아이도 중심점에서 역시 돈다. 마치 원을 그릴 때의 컴퍼스처럼 말이 아무리 뛰어도 아이는 언제나 그 중심 위치에 있다. 망아지가 미친 듯이 튕겨 오르며 뛰고 있기 때문이다. 망아지와 아이가 똑같이 장난을 쳐 밀 이삭들이 사방으로 튕겨나간다. 왕씨 아주머니가 갈퀴로 말을 때린다. 그러나 한참 뛰고 난 망아지는 놀고 싶은 만큼 충분히 놀았으므로, 실컷 놀고 난 강아지가 휴식을 필요로 하는 것처럼 쉬려고 든다. 왕씨 아주머니가 미친 듯이 갈퀴를 휘둘러댄다. 그러자 망아지는 거칠게 뛰어 오른다. 두 바퀴를 뛰어 돌고는 돌고무래를 몸에 달아맨 채로 밀 이삭을 평평히 깔아 놓은 타작마당을 나간다. 입으로 밀 이삭을 씹으면서. 말고삐를 잡고 있던 아이가 욕을 얻어먹는다.

"야! 너는 왜 늘 망아지를 끌고 밀 마당으로 오니? 이런 말이 밀 타작을 할 수 있다고 생각하니? 제발 데리고 가거라! 나를 괴롭히지 말고!"

어린아이는 말을 끌고 밀 타작마당 문을 나간다. 말 사료가 있는 곳으로 가서 늙은 말을 끌어낸다. 그리고 어린 말을 말뚝 사이에 맨다. 늙은 말은 털이 거의 다 빠져 버렸다. 어린아이는 그 말을 좋아하지 않았다. 그는 어서 가라고 고삐로 늙은 말을 때린다. 그러나 말은 바위덩이나 뿌리 내린 식물처럼 여전히 꿈쩍도 하지 않는다. 늙은 말은 어린 말의 어미이다. 어미 말이 멈추어 서서 어린 말의 뱃가죽 사이에 찢어져 피가 흐르는 상처를 콧잔등으로 문지른다. 어린아이는 자기가 사랑하는 말이 피를 흘리는 것을 보자 슬프디슬픈 울음이 마음속에서 솟구쳐 오름을 느낀다. 그러나 그는 모자간의 정을 이해하지 못한다. 왜냐하면 그는 아직 엄마를 보지 못했기 때문이다. 그는 사생아였던 것이다. 털이 다 빠져 버린 늙은 말은 어린 말을 떠나야만 한다. 콧잔등에 약간의 피를 묻힌 채 말은 밀 마당으로 걸어간다.

기차가 마을 앞의 다리를 지나간다. 기차는 보이지 않고 기적 소리만 들린다. 왕씨 아주머니는 하늘을 맴돌며 피어오르는 검은 연기를 주시하고 있다. 앞마을에 사는 사람이 배추 수레를 몰고 시내로 들어간다. 왕씨 아주머니네 밀 마당을 지나가며 수레 위에서 감 몇 개를 던져주며 외친다.

"당신네는 감나무가 없지요. 이것은 흔해빠진 물건이죠. 값어치가 안 나가는 것이라구요. 밀은 돈을 벌 수 있는 물건이구요."

수레를 모는 젊고 건장한 사나이는 채찍을 소리나게 휘둘러치면서 지나간다.

늙은 말은 울타리 밖의 어린 말을 바라보면서 울지도 않고 콧소리도 내지 않는다. 어린 말이 감을 물어다 먹는다. 감은 아직 덜 익었다. 반쯤 푸른 감을 사람들이 딴 것이다.

늙은 말은 꼬리도 흔들지 않고 조용히 그곳에 멈추어 서 있다. 주둥이로 돌고무래를 건드리지도 않는다. 먼 곳을 바라보지도 않는다. 어떤 것도 두려워하지 않는다. 일을 할 때엔 편안한 마음으로 시작한다. 여러 가지 밧줄이나 굴레 따위가 몸을 속박해도 말은 주인으로 하여금 채찍을 휘두르게 하지 않는다. 주인이 채찍이나 그 밖의 무엇인가로 때려도, 말은 거칠게 뛰어오르지 않는다. 왜냐하면 모든 지나간 연륜이 늙은 말을 규제하고 있기 때문이다.

밀 이삭은 밀 마당에서 점점 더 모양을 잃어간다.

"핑얼(平兒), 여기서 잠깐 말을 좀 끌어라."

"나는 늙은 말하고는 일하기 싫어요. 늙은 말은 하루 종일 잠만 자는 걸."

핑얼이 주머니 속에 넣어둔 감을 먹으려고 한쪽으로 걸어간다.

왕씨 아주머니는 화가 치민다.

"잘한다! 니가 내 말은 안 들어도 너한테는 또 아버지가 있어."

펑얼은 아무에게도 대꾸하지 않고 밀 타작마당을 나가 꽃이 피어 있는 동쪽 밭 끝을 향해 걸어간다. 그는 붉은 꽃을 바라보며 감을 먹으면서 걷는다.

회색 머리의 늙은 유령이 무섭게 화를 낸다.

"네 아버지를 불러다가 너를 혼내 주라고 할 테다."

그녀는 회색의 커다란 새처럼 활개를 저으며 마당을 걸어 나간다.

맑은 아침의 잎사귀들! 나뭇잎 위에도 꽃잎 위에도 은구슬이 반짝이고 있다. 태양, 끝을 헤아릴 수 없는 둥근 수레바퀴가 수수 위에 걸려 있다. 왼쪽에 있는 인가에서는 아침밥을 준비하고 있다.

늙은 말은 고삐를 주둥이 아래로 늘어뜨린 채 혼자서 밀 이삭 위에 돌고무래를 굴리고 있다. 늙은 말은 밀알을 훔쳐 먹지 않는다. 궤도를 벗어나지도 않고, 한 바퀴를 돌고 나면 또 한 바퀴를 돈다. 밧줄과 가죽 조각이 번갈아 가며 털이 다 빠져버린 늙은 말의 몸을 비벼댄다. 늙은 동물은 혼자서 아무 소리도 안 내고 움직이고 있다.

밀농사를 지은 사람들의 집에 밀짚이 높이 쌓이기 시작한다.

푸우파네(福發家) 밀짚 무더기도 울타리보다 더 높게 쌓였다. 푸우파네의 아낙은 담뱃대를 빨기 시작한다. 그녀는 건장하고 작달막한 모습이다. 담뱃대를 뻐끔뻐끔 빨며 손에 든 갈퀴로 끊임없이 평평한 밀 마당에 갈퀴질을 하고 있다.

조카가 채찍질을 하면서 앞쪽 숲을 지나가며 조용조용 남모르게 노래를 부른다. 그녀는 그 노래에 감동을 받았다. 갈퀴질을 멈추려 하는데, 노래 소리가 숲 끝에서 여전히 들려온다.

"어제 새벽엔 가랑비가 내리고 있었어요. ……아가씨, 도롱이를 입고 ……아가씨, ……고기 잡으러 갑시다."

채소밭

채소밭에 쓸쓸할 만큼 유난히 새빨갛게 토마토가 익었다. 아가씨들이 토마토를 따고 있다. 잘 익은 새빨간 토마토가 그녀들의 소쿠리에 가득 담겨 있다. 어떤 아가씨들은 무와 당근을 뽑고 있다.

찐즈(金枝)는 채찍 소리와 휘파람 소리를 듣자 갑자기 우뚝 일어선다. 그녀는 소쿠리를 들고 두렵고 무서운 듯 채소밭을 걸어 나간다. 채소밭 동쪽 버드나무 울타리 께에서 멈추어 서서 점점 멀어져 가는 휘파람 소리를 듣는다. 채찍 소리는 그녀로부터 멀어졌다. 그녀는 참을성 있게 한참 동안이나 기다리고 있다. 휘파람 소리가 구성지게 뒤쪽에서 들려온다. 그녀는 또 그와 만나려 하고 있다. 채소밭에 있는 여인들이 멀리서 그녀를 바라보고 소리쳤다.

"너 토마토 따러 오지 않고 뭐 하느라 거기 서 있니?"

그녀는 양 갈래로 딴 머리를 흔들고 손을 가로저으며 큰 소리로 말한다.

"나는 집에 돌아갈래요."

그녀는 집에 돌아가는 척하며 남의 집 울타리를 돌아서 채소밭에 있는 사람들의 눈을 피해 강 모퉁이를 향해 간다. 그녀의 팔에 들린 소쿠리가 흔들린다. 휘파람 소리는 먼 곳에서 끊임없이 그녀를 독촉하고 있다. 그 소리에 이끌려 가는 그녀는 마치 자석에 끌리는 쇠붙이 같다.

조용한 강 모퉁이에는 축축한 습기가 있다. 남자는 거기서 기다리고 있었다.

5분이 지난 다음 소녀는 여전히 병아리처럼 야수에게 짓눌렸다. 남자는 미쳐버렸다. 그의 커다란 손은 적개심을 띤 것처럼 또 다른 육체 덩어리를 꽉 틀어쥐었다. 마치 그 육체 덩어리를 삼키려는 듯이. 마치 그 뜨거운 육체를 파괴하려는 듯이. 혈관이 가능한 만큼 팽창하였다. 그는 마치 하얀 시체 위에서 뛰어 움직이는 것 같았다. 여인의 하얗고 둥근 다리는 그를 못 움직이게 할 수가 없었다. 그리고 두 마리 탐욕스러운 동물로부터 온갖 소리가 흘러나왔다.

아름답게 하늘거리는 꽃과 이삭들이 그곳에 떨었다. 등 뒤의 키 큰 풀줄기들은 꺾여 쓰러졌다. 얼마 안 떨어진 곳에서 땔나무를 하는 노인이 들풀을 베고 있었다. 그들은 깜짝 놀랐다. 건장한 몸집의 사내는 마치 사냥개가 사냥감을 채 가듯이 처녀를 데리고 또다시 수수밭으로 들어간다……

휘파람을 불며, 채찍 소리를 내며 그는 인간 세상은 아늑하고 유쾌하다고 생각한다. 그의 영혼과 육체는 매우 건강하다. 숙모가 멀리서 그를 발견하고 가까이 걸어오며 말한다.

"너 또 그 처녀와 만났니? 그 애는 정말 좋은 처녀야. 하지만……"

숙모는 괴로운 듯이 울타리에 기대어 선다. 조카가 그녀에게 말한다.

"숙모! 왜 그러세요? 전 그녀를 아내로 맞을 거예요."

"하지만……"

숙모는 아주 비통한 표정을 지었다. 그녀가 말한다.

"네게 시집 온 다음에는 그 애도 외양이 변할 게다. 그 애도 처녀 때와는 같지 못할 걸. 그 애의 안색은 창백해지고, 너도 더이상 그 애를 마음에 두지 않게 될 거야. 너는 아마 그 애를 때리고 욕할 거야. 남자들이 여자를 마음에 두는 것은 역시 너와 같은 연령 때뿐이야."

숙모는 자기의 슬픔을 표현하려고 손으로 가슴을 눌렀다. 심장에 무슨 변화가 일어나는 것을 방지하기라도 하려는 듯이. 그녀가 또 말했다.

"그 처녀는, 내 생각으로는 틀림없이 아이를 가졌을 것 같은데. 너 그녀에게 장가들려면 서둘러 들어라."

조카가 대답했다.

"그 애 엄마는 아직 몰라요. 중매해 줄 사람을 찾아야 해요."

소 한 마리를 끌고 푸우파(福發)가 돌아온다. 숙모는 그를 보자 급히 마당으로 돌아가 나무헛간을 정리하는 척한다. 숙부는 우물가로 가서 소에게 물을 먹이고 또다시 끌고 갔다. 숙모는 마치 생쥐처럼 고개를 쳐들고 또다시 조카와 애기를 계속한다.

"청예(成業)야! 내가 애기해 줄게. 젊었을 때, 처녀 때 말이야. 나도 강가로 고기를 낚으러 갔었어. 9월 이슬비가 내리는 아침나절에 나는 도롱이를 입고 물가에 앉아 있었는데. 뜻밖이었어. 나도 그렇게 되기를 원하지는 않았는데. 남자에게 여자 노릇을 하는 것이 나쁜 일이라는 것을 나는 알고 있었어. 그러나 너희 삼촌은 물가에서 나를 마구간으로 끌고 갔어. 마구간에서 내 모든 것이 다 요절나고 말았지. 그러나 나는 마음속으로는 무섭지 않았어. 나는 네 숙부에게 여자 노릇하길 좋아했거든. 그런데 요즘은 남자가 두려워. 남자는 돌덩이처럼 딱딱하여 나로 하여금 감히 닿지도 못하게 해."

"너는 언제나 무슨 '이슬비가 내리고 도롱일 입고 물고기를 잡으러 가요……' 어쩌고 하는 노래를 하지? 나는 다시는 이 노래를 듣고 싶지 않아. 젊은이들이란 아무 것도 믿을 수가 없거든. 네 숙부도 그 노래를 불렀단다. 그러나 요즘은 그도 옛날을 생각하지는 않아. 그것은 말라 죽은 나무처럼 다시는 살아나지 못하나봐."

젊은 사나이는 숙모의 말이 듣고 싶지 않았다. 그는 집안으로 들어가 술을 마신다. 그는 술김에 대담해져서 숙부에게 모든 것을 털어놓는다. 푸우파는 처음에 고개만 흔들더니 나중에는 천천히 묻는다.

"그 처녀가 열일곱 살이라고 했지? 너는 스무 살이고 어린 처녀가 우리 집에 오면 무슨 일을 할 줄 알까?"

청예가 가로채듯이 말했다.

"그녀는 예쁘게 생겼어요. 새까맣고 반질반질 윤기가 나는 양갈래 머리를 갖고 있다고요. 무슨 일이나 그 애는 할 수 있어요 기운이 아주 센 걸요."

청예의 이 말을 듣고 숙부는 그가 취했다고 생각한다. 그 다음부터 숙부는 아무 말도 하지 않고, 그냥 거기 앉아서 잠시 깊은 생각에 잠겼다가 웃으면서 자기 아내를 바라보았다.

"아이구…… 우리도 옛날에는 이랬지! 당신 잊었소? 그 일들을 당신은 잊었겠지? 하하하…… 재미있군! 젊었을 때를 생각하니 정말 재미있어."

여인은 옛날 같으면 푸우파의 팔을 끌어다가 어루만졌을 것이다. 그러나 지금은 꼼짝도 하지 않았다. 그녀는 남편의 웃는 얼굴이 옛날의 웃는 얼굴과 다르다고 느낀다. 그녀의 마음은 무수히 화를 낸 그의 얼굴로 가득 채워져 있다. 그녀는 꼼짝도 하지 않는다. 그녀는 잠시 웃다가 금방 서둘러 웃음을 거둔다. 그녀는 오랫동안 웃으면 욕을 먹을까 두렵다. 남편이 술잔을 가져오라고 한다. 여인은 이 말을 듣고 명령이라도 들은 것처럼 반사적으로 일어나 술잔을 가져다 그에게 건넨다. 얼마 후 남편은 푹 고꾸라져 온돌 바닥에 잠들었다.

여인은 살금살금 걸어 나가다가 문 앞에 멈추어 서서 문풍지가 귓가에서 울리는 소리를 듣는다. 그녀는 완전히 무기력하다. 완전히 무기력해졌다. 타작마당 앞에는 잠자리들이 해바라기 사이사이를 날며 떠들썩하다. 그러나 이 모든 것들은 젊은 부인과는 절대로 격리되어 아무 상관이 없다.

창호지 문이 서서히 밝아진다. 창살이 점점 분명하게 보인다. 수수밭에 들어갔던 처녀는 환상을 하면서 울고 있다. 그녀의 낮은 울음소리는 문풍지 떨리는 소리보다 더 작다.

그녀의 어머니는 몸을 뒤척일 때 끙끙 소리를 낸다. 어떤 때는 이를 간다. 찐즈는 매를 맞을까 두려워서 어둠 속인데도 눈물을 깨끗이 닦는다. 고양이 꼬리 아래에서 밤새도록 잠을 자야 하는 쥐 같다. 밤새도록 계속 이랬다. 어머니는 몸을 뒤척일 때마다 폭발하듯이 자기 딸의 베개 있는 곳을 향해 욕을 한 마디씩 한다.

"죽일 년!"

이어서 그녀는 가래를 뱉고 싶다. 밤새도록 이랬다. 가래를 뱉어도 땅에 뱉지 않고 딸의 얼굴에 뱉고 싶다. 이번에는 몸을 돌렸으나 그녀는 아무 것도 뱉지 않고 욕도 하지 않았다.

그러나 이른 아침, 딸이 머리를 다 땋고 밭으로 나가려고 하자 그녀는 미친 듯이 달려들어 딸의 소쿠리를 빼앗는다.

"너 그래도 토마토를 따러 갈 생각이니? 아무래도 찐즈 넌 토마토를 따는 것 같지가 않아. 소쿠리조차 버리고 다니잖아? 내 보기에 너는 넋이 나간 것 같아. 나무하던 사람이 다행히도 주씨(朱氏) 할아버지였기에 망정이지. 만약 다른 사람이 소쿠리를 주웠더라면 찾을 수 있었겠니? 다른 사람이 주웠더라면 소문이 나쁘게 나돌았을 게 뻔해. 푸우파의 마누라는 바로 물가에서 당하지 않았던? 온 마을에서, 아이들까지도 수군댔었어. 아니······! 그게 무슨 꼴이야. 그 후 시집에도 찾아가지 못했지. 그 여자가 아이를 가졌기 때문에 어쩔 수 없이 푸우파의 마누라가 되긴 했지만. 그녀의 엄마는 이 일 때문에 부끄러워 죽을 뻔했다고 마을에서 사람을 만나면 언제나 얼굴을 들지 못했다고"

어머니는 찐즈의 안색이 즉각 창백해지는 것을 보았다. 어머니는 딸이 불쌍했다. 그러나 그녀는 딸이 옷 속으로 손을 넣어 배를 누르고 있는 것은 알아채지 못한다. 찐즈는 자기가 아이를 가진 것 같다는 공포심을 느낀다. 어머니가 말한다.

"가 봐라. 그러나 절대로 어린 소녀들과 강가에 가서 놀지는 말아라. 명심해. 강가에 가면 안 돼."

어머니는 문 밖에 서서 찐즈가 걸어가는 모습을 지켜본다. 그녀는 곧장 뒤돌아 집안으로 들어가지 않고 문 앞에서 찐즈가 밭에서 일하는 사람들 속에 끼어드는 모습을 오랫동안 바라보고서 있다. 어머니는 집 안으로 돌아와 밥을 지으면서 한숨을 쉰다. 그녀는 몸속에 무슨 병이라도 전염된 것 같은 느낌이다.

농가에서는 밭에서 가족들이 모두 돌아와야 아침밥을 먹을 수 있다. 찐즈가 돌아올 때 어머니는 그녀가 손으로 자기 배를 누르는 모습을 본다.

"너 배 아프니?"

그녀는 깜짝 놀란다. 옷 속에서 손을 꺼내며 서둘러 고개를 저으며,

"배 안 아파요."

"병났니?"

"병 안 났어요."

그녀들은 밥을 먹는다. 찐즈는 반찬을 아무 것도 안 먹는다. 죽만 먹고 곧 식탁을 떠난다. 어머니가 혼자서 식탁을 치우며 말한다.

"배추를 한 잎도 안 먹니! 너 병이 난 게지?"

찐즈가 문을 나가려 하자 어머니가 소리치며 불러 세운다.

"돌아와! 겹저고리 하나 더 걸치고 나가거라. 틀림없이 감기가 걸린 게야. 그러니까 배가 아프지."

어머니는 옷 한 가지를 더 입힌다. 그리고 또 말한다.

"너 밭에 나가기 싫지? 내가 갈까?"

찐즈는 고개를 흔들며 나갔다. 어깨에 걸친 어머니의 작은 덧저고리가 단추를 채우지 않아서 바람에 나부낀다.

찐즈네 토마토밭은 넓이가 마당만하다. 토마토밭에 들어가면 매운 냄새가 '콕' 쏘는데 무슨 냄새인지 알 수가 없다. 토마토 포기는 제일 큰 것이 두 자 정도나 되고, 가지 사이에 주황빛 열매가 달려 있다. 한 포기 한 포기마다 굉장히 많은 토마토가 달려 있다. 녹색도 있고 절반만 붉은 것도 있다. 토마토밭 옆에는 또 하나의 토마토밭이 있고, 그 왼쪽은 모두 채소밭이다. 8월이라 사람들은 땅콩을 캐고 있다. 배추를 뽑아 시내로 팔러 가기 위해 수레에 싣는 사람들도 있다.

얼리빤은 채소 농사를 짓는다. 곰보 아줌마가 왔다 갔다 하며 커다란 통배추를 밭머리에 있는 수레로 나르고 있다. 루오취앤투이도 역시 밭머리를 향해 오락가락 하고 있다. 그는 때때로 커다랗고 둥근 배추를 두 통이나 안고 걷는데, 그 모습은 마치 두 팔로 바위덩이 두 개를 떠받치고 가는 것 같다.

곰보 아줌마가 남의 밭에서 붉게 늙은 호박을 발견했다. 그녀는 근처에 사람이 있나 없나 둘러보고 자기네 채소밭 쪽으로 열린 커다란 호박 네 개를 땄다. 두 개는 작은 수박만큼이나 크다. 그녀는 아이에게 안고 가라고 한다. 루오취앤투이의 얼굴은 피로에 지쳐 빨갛게 부어오른 게, 호박과 같은 빛깔이다. 그는 더 이상 안고 걸을 수가 없다. 두 팔이 무엇인가로 짓눌린 것 같다. 밭머리까지 채 가지 못하고, 찐즈 곁을 지나갈 적에 그 큰 소리로 사람 살리라는 듯이 외친다.

"아빠, 수…… 수박을 깨겠어요! 깨겠어요!"

아이는 다급하여 호박을 수박이라고 말했다. 채소밭에 있던 많은 사람들이 이 아이를 보고 모두 웃음을 터뜨린다. 펑지예(鳳姐)가 찐즈를 바라보며 말했다

"저 아이 좀 봐. 호박을 수박이라네."

찐즈는 힐끗 바라보고 '픽' 웃었다. 얼리빤이 걸어와 아이를 발로 찬다. 커다란 호박이 두 개 다 땅에 떨어진다. 아이는 우는 대신 발악하는 것처럼 한 쪽에 꼿꼿이 서 있다. 얼리빤이 아이에게 욕을 한다

"이 새끼! 개새끼! 배추나 나르랬지 누가 너보구 호박을 따랬니?"

곰보 아줌마가 뒤에서 걸어오다 아이가 맞는 것을 보자 몸을 굽혀 교묘한 동작으로 더 큰 호박 두 개를 토마토 포기 사이에 버린다. 모든 사람들이 그녀가 하는 짓거리를 다 보았다. 그녀만이 참 교묘하게 해냈다고 생각한다. 얼리빤이 그녀에게 묻는다.

"당신이 그랬지? 멍청한 벌레 같으니라구. 당신밖에는……."

곰보 아줌마는 벌벌 떤다. 발음이 보통 때보다 더 불분명하다.

"나는 안……."

아이가 한쪽에 서서 날카로운 소리로 외친다.

"엄마가 따서 나한테 날라다 수레에 실으라고 했잖아. 안 그래?"

곰보 아줌마는 눈을 부라린다. 그녀는 다급하여 이런 말을 하고자 한다.

"훔친 거야. 이 죽일 놈아! ……소리치지 마! 주인에게 잡힐라."

보통 때 같으면 떠들썩하고 시끄러운 일은 거들떠보지 않고, 밭에서 무슨 일이 일어나거나 상관없이 자기 일에만 몰두하던 사람들조차 이번에는 모두들 몰려와 그들을 에워싼다. 마치 무예극을 벌인 것 같다. 그들 일가(一家) 세 가족이 무대 위에서 연기를 하고 있는 셈이다. 얼리빤이 아이에게 욕을 한다.

"제기랄, 멍청아! 일은 못하고 실수만 저지르기냐? 누가 너더러 호박을 따라든?"

루오취앤투이는 조금도 승복하지 않는 태도로 뛰어가더니 토마토 포기 사이에서 호박을 굴려 내온다. 사람들이 모두 웃음을 터뜨린다. 웃음소리가 사람들 숫자보다 더 큰 것 같다. 그러나 찐즈는 전염병을 앓고 있는 병아리처럼 눈을 껌벅이며 토마토 포기 밑에 쪼그리고 앉아서 아무 이유 없이 눈앞에 펼쳐지고 있는 세계로부터 이탈해 있다.

얼리빤은 화가 나서 거의 숨을 못 쉰다. 그는 이 호박은 자기가 씨를 받으려고 남겨 두었던 것이라고 말한다. 곰보 아줌마는 그제야 그 자리에 선 채로 겨우 한숨을 내쉰다. 그녀는 자기네 호박을 훔친 셈이니 큰 잘못을 저지른 것은 아니라고 생각한다. 그녀는 머리를 들고 여러 사람을 향해 변명을 한다.

"이것들 보세요. 나는 몰랐어요. 정말 이 호박이 우리 것인지 몰랐어요!"

곰보 아줌마는 자기 말이 우스운지 안 우스운지는 상관하지 않고 둘러싼 사람들을 밀치고 나간다. 그리고 호박을 수레까지 가지고 간다. 수레는 시내로 들어가는 한길을 향하여 떠난다. 다리가 굽은 아이가 절룩절룩 수레 뒤를 따라 걸어간다. 말과 수레, 사람들이 점점 조그맣게 보이다가 길 저 편으로 사라진다.

밭에서는 끊임없이 호박 도둑 사건에 대한 얘기들을 수군거린다. 찐즈에 대해서도 소문이 나돌고 있다.

"그 계집애도 끝장이 난 셈이야."

"나는 일찍이 그 계집애의 나쁜 마음을 알아챘다고 그 애가 토마토 하나를 따는 데 한참씩 걸리는 것을 보았거든. 어제는 글쎄 토마토 소쿠리를 물가에 팽개쳐 놨다지 뭐야."

"강가는 품행 단정한 사람들이 가는 곳이 아닌데."

평지예 뒤에서 중년부인 둘이 당근을 캐며 쑥덕거리는데 어떤 때는 음탕한 말을 하여 평지예는 무슨 의미인지 알아듣지 못했다.

찐즈의 가슴은 언제나 두근거린다. 시간이 거미가 뽑아내는 실처럼 그렇게 길게 느껴지고, 마음이 아주 불편하다. 찐즈의 안색은 베일이라도 드리운 듯 불투명하다. 그녀는 휘파람 소리가 아직 들리지 않나 하며 귀를 기울인다. 푸우파의 집 담이 멀리 보인다. 그러나 그녀 마음속의 청년은 영 나타나지 않는다. 그녀는 또 계속 토마토를 딴다. 무심결에 푸른 토마토조차 따고 말았다. 토마토 색깔에 주의하지 않고 닥치는 대로 따 넣었던 것이다. 때문에 소쿠리가 금세 가득 찼다. 그녀는 토마토를 갖다 두러 집에 가지 않는다. 덜 익은 토마토를 골라 땅바닥에 던진다. 수많은 토마토가 땅바닥에 질펀하게 버려졌다. 저쪽에서 또 한 여인이 일부러 큰 소리로 그녀에 대해 떠든다.

"강가로 가서 남자와 같이 있었다면서, 창피한 줄도 모르고 남자가 그녀의 바지를 벗겼나?"

찐즈는 눈앞에 벌어지고 있는 모든 광경과 소리를 무시한다. 그녀는 배를 잔뜩 움켜잡고 있다. 뱃속에서 무엇인가가 뛰고 있는 것 같다. 갑자기 휘파람 소리가 들려온다. 그녀는 벌떡 일어선다. 토마토 한 개가 짓밟혀 마치 짓밟힌 개구리처럼 '픽' 하고 소리를 내며 터진다. 그녀가 넘어진다. 휘파람 소리도 더불어 사라진다. 그 후엔 휘파람 소리는 그녀가 아무리 귀를 기울여도 다시는 들리지 않는다.

찐즈는 남자와 세 번 관계를 가졌다. 첫 번째는 벌써 두 달 전이었다. 그러나 그때는 어머니가 아무 것도 몰랐다. 어머니는 어제 나무하던 사람이 토마토 소쿠리를 주워온 다음에야 어렴풋이 무엇인가를 짐작하게 된 것이다.

찐즈는 매우 고통스럽다. 자기 배가 괴물로 변해가는 듯한 느낌이다. 뱃속에 딱딱한 것이 있는 것 같다. 손으로 꾹 누르니 딱딱한 것이 더욱 분명하게 만져진다. 뱃속에 아기가 생긴 것을 확신하자 구역질이 날 때마다 가슴 떨리는 공포를 느낀다. 이상하게도 나비 두 마리가 그녀의 무릎 위에 날아와 앉는다. 찐즈는 이 사악한 곤충들을 바라만 보고 있다. 그녀는 그것들을 쫓지 못한다. 찐즈는 마치 논 가운데 서 있는 허수아비 같다.

어머니가 왔다. 어머니의 마음은 멀리서도 계속 딸에게 가 있었다. 그러나 그녀는 조용조용 걸어왔다. 멀리서 보면 그녀의 몸은 완전히 네모꼴이다. 점점 가까워지자 비로소 자루 같은 앞자락 밑에서 오르락내리락 움직이고 있는 그녀의 길쭉한 발이 보인다. 온 마을의 노부인들 가운데 그녀의 특징은, 화를 낼 때 마치 웃고 있는 것처럼 즐거워 보이는 주름살이 그녀의 눈가에 많이 잡힌다는 것이다. 입 모서리도 아주 유쾌한 모습이다. 다만 윗입술에 약간의 차이가 있을 뿐이다. 정말로 유쾌할 때면 그녀의 윗입술은 약간 짧아지지만 화를 낼 때는 윗입술은 매우 길어진다. 그리고 입술 중앙의 작은 부분이 마치 새의 부리처럼 뾰족해지는 것이다.

어머니가 멈춰 선다. 그녀의 입술이 그녀의 특징을 드러내고 있다. 웃고 있는 모습과 똑같지만 그러나 윗입술은 새의 부리 같은 모습을 하고 있다. 땅바닥에 버려진 수많은 푸른 토마토 때문에 그녀는 화를 내고 있는 것이다! 찐즈는 깊은 생각의 심연에 잠겼다가 어머니의 발길에 차인다.

"너 미쳤니? 아, 글쎄…… 넋이 나갔냐고? 갈래 머리를 싹뚝 잘라 버릴까보다……."

찐즈는 저항하지 않는다. 그냥 고꾸라진다. 어머니가 호랑이처럼 딸을 잡아챈다. 찐즈의 코에서 금방 피가 흘러나온다.

어머니는 소리를 죽여 딸에게 욕을 한다. 크게 노할 때 그녀의 표정은 더욱 밝게 웃는 모습이다. 서서히 입술이 뾰족해지고, 눈가의 주름살이 더 많아질 따름이다.

"이 아가씨야. 너 정말 못됐구나! 파란 토마토까지 다 따다니! 어젯밤 내가 욕을 했다고 앙심을 품었니?"

어머니는 줄곧 이런 식이다. 딸을 매우 사랑하면서도 그러나 딸이 채소나 과일을 망칠 경우, 어머니는 채소나 과일을 더 애중해 하는 모습을 보인다. 농가에서는 채소나 과일은 물론이고 모한 포기조차 사람보다 더 가치 있게 생각한다.

잠을 자야 할 시각이다. 문 옆 수건을 걸어 두는 철사줄에 쑥을 꼬아 만든 새끼줄을 매고 그 쑥 새끼에 불을 붙였다. 방 안에서는 모기소리를 전혀 들을 수 없다. 새끼줄은 아주 천천히 오래오래 타고 있다. 습관이 되어서 사람들은 절간에 타고 있는 향불 같은 모깃불 향기 속에서 아무 소리도 듣지 못하고 차츰 잠 속으로 빠져들곤 하는 것이다. 쑥 냄새가 점점 곤히 꿈을 꾸는 영혼 속으로 스며든다. 모기는 쑥 연기에 쫓겨 날아간다. 찐즈와 어머니가 아직 잠이 들기 전, 누군가가 창밖으로 와서 가볍고 느릿하게 기침을 했다.

어머니가 불을 켜려고 서두른다. 문이 소리를 내며 열렸다. 얼리빤이 온 것이다. 어머니는 아무리 애를 써도 등에 불을 붙이지 못한다. 등 심지에서 물이 튀는 듯한 소리가 '지지' 하며 난다. 어머니는 손에 불붙인 성냥 한 개비를 눈썹까지 들어 올리며 말한다.

"기름이 하나도 없어."

찐즈가 문간방으로 기름을 따르러 간다. 그동안 얼리빤이 좀 뜻밖의 얘기를 꺼낸다. 어머니는 그 말에 놀란다. 수치를 느낀 듯 고개를 흔들며 굳세게 말한다

"그건 안 돼요. 우리 딸을 그 집 자제와 짝지워 줄 수는 없어요."

얼리빤은 처녀가 문간방에서 석유통 뚜껑을 닫는 소리를 듣고

더 이상 아무 말도 하지 않는다. 찐즈가 문턱에 서서 엄마에게 묻는다.

"콩기름도 없는데 물을 좀 담아 올까요?"

찐즈가 등에 물을 담다가 온돌바닥 가장자리에 놓는다. 불이 켜졌다. 그러나 얼리빤이 자기 집을 방문한 것이 자기 때문이라는 것을 그녀는 조금도 눈치 채지 못한다. 얼리빤은 담뱃대에 불을 붙이려고 매달려 있는 모깃불 새끼줄을 향해 다가간다.

어머니는 손으로 베개를 누르고 있다. 그녀는 무엇인가를 생각하는 듯하다. 일자형의 두 눈썹이 거의 맞붙을 듯하다. 딸은 그녀의 옆에서 등불을 향해 고개를 숙이고 있다. 얼리빤의 담뱃대에서는 빨 때마다 불이 빨갛게 피어나곤 한다. 쑥 연기와 담배냄새가 섞여 작은 방 안이 연기로 자욱하다. 얼리빤은 견디기 어려운 듯 기침을 몇 번 한다. 찐즈는 코피 터진 코를 막았던 솜을 갈아 끼운다. 세 사람은 말을 하지 않고 잠자코 앉아서 각자 미세한 잠재의식을 작동시키고 있다.

이렇게 앉아 있는데 등불이 또 소리를 낸다. 물 위에 떠있는 기름이 다 타버리고 등불이 또 꺼지려 한다. 얼리빤이 침통한 기분으로 나갔다. 얼리빤은 중매를 서려다가 거절당하자 머쓱해가서 가버린 것이다.

추석이 지나자 들판은 쓸쓸한 것으로 변했다. 높은 하늘의 햇빛이 점점 쓸쓸해지고, 음습한 기운이 들판 곳곳에 감돈다. 남쪽의 수수는 완전히 고개를 숙이고 있다. 여기저기 사방을 죽 둘러보면 메주콩들이 산발한 머리카락처럼 흔들거리고 있다. 어떤 밭은 콩대를 완전히 뽑아버린 곳도 있다.

아침이나 밤이나 마찬가지로 밭은 쓸쓸해지기 시작했다. 수수 모가지라든가 메주콩 콩대를 잔뜩 싣고 덜컹거리며 가는 말과 수레만 보일 뿐이다.

푸우파의 조카가 검은 빛깔의 소 한 마리를 끌고 자기 집을 향해 수수를 실어 나르고 있다. 그는 일부러 꼬불꼬불한 길로 돌아간다. 그 길은 찐즈네 대문을 지나게 되어 있다. 찐즈는 심장이 터질 듯 놀란다. 그 순간 채찍 소리가 들린다.

그녀는 손에 쥐고 있던 붉은 고추를 내려놓으며 어머니에게 말한다.

"변소 좀 다녀올께요."

그리하여 늙은 부인은 혼자 남아 고추를 꿰고 있다. 그녀는 베 짜듯이 고추를 빨리빨리 꿰고 있다.

찐즈의 갈래 머리가 부스스하다. 얼굴은 완전히 새빨갛게 상기되어 있다. 그러나 그녀는 병을 앓는 듯 종이인형처럼 변해 있다. 바람이 불면 나부낄 것 같은 모습으로 그녀가 집 뒤의 울타리에 나타났다.

병이 났나? 도대체 무엇 때문일까? 그러나 청예는 농촌에서 자란 아이다. 그는 아무것도 물을 줄 모른다. 그는 채찍을 내팽개치고 날아다니는 새처럼 날렵하게 울타리를 넘어 들어와 완력으로 앓고 있는 처녀를 끌어안는다. 그녀를 안아서 울타리 모퉁이 쓰레기더미 위에 눕힌다. 그는 그렇게 하고 키스를 하려는 것도 아니고 사랑의 말을 속삭이려는 것도 아니다. 그는 다만 본능에 따라서 모든 것을 움직이려 한다. 찐즈가 그를 때릴 듯한 자세로 말한다.

"안 돼! 엄마가 아실 거야. 어째서 중매쟁이를 아직도 안 보내?"

남자가 대답한다.

"이씨 아저씨가 오셨었잖아? 너 전혀 몰랐니? 아저씨가 그러는데 너희 엄마가 거절하셨대. 내일은 그 아저씨와 우리 작은아버지가 같이 오실 거야."

찐즈는 두 손으로 배를 누르며 그에게 자기 배를 보여준다. 고개를 흔들면서 말한다.

"몰랐어……! 몰랐어! 이거 보이지?"

남자는 전혀 관심을 갖지 않는다. 작은 목소리로 중얼거린다.

"제기랄, 누가 알게 뭐야. 싸지 싸! 원하거나 원하지 않거나 어쨌든 해버린 걸."

그의 눈빛이 또 정상을 잃는다. 남자는 여전히 본능에 의존하고 있다.

어머니의 기침소리가 가볍게 얇은 벽을 통해 들려온다. 울타리 밖의 검은 소의 뿔에 가을 하늘의 거미줄이 걸려 있다.

어머니와 딸이 저녁을 먹고 있다. 찐즈가 구토를 하기 시작한다. 어머니가 그녀에게 묻는다.

"너 파리라도 삼켰니?"

그녀가 고개를 흔든다. 어머니는 또 묻는다.

"감기 걸린 게지? 너는 어찌 그렇게 병이 떨어지지 않니? 밥도 못 먹는구나! 결핵에 걸린 건 아니겠지?"

어머니는 말을 하면서 딸의 배를 문질러 준다. 손이 딸의 옷 위로 왔다갔다하며 한동안 문지른다. 어머니는 손가락을 쫙 펴서 배를 문지르며 생각에 잠긴다.

"너 결핵에 걸렸나 보다. 뱃속에 딱딱한 응어리가 있는데, 결핵에 걸린 사람의 배에만 딱딱한 응어리가 있는 것인데."

딸의 속눈썹에 눈물이 글썽글썽 맺힌다. 그리고는 굴러 떨어지듯 눈썹으로부터 흘러내린다. 밤이 되었다. 찐즈는 일어나서 밖으로 나가 구토를 했다. 어머니는 어렴풋한 가운데 엄마를 부르는 딸의 소리를 듣고 있다. 창으로 들어오는 달빛이 대낮처럼 밝다. 그래서 상반신은 베개 위에 엎드린 채 하반신은 방바닥에 북북 기는 자세를 하고 있는 찐즈의 모습이 보인다. 머리카락이 온통 얼굴을 뒤덮고 있다. 어머니가 손을 붙잡자, 그녀는 손을 뽑아내며 말했다.

"엄마, ……나를 푸우파의 조카에게 시집보내 줘. 내 뱃속에는 ……병이 아니라…… 응……."

이쯤 되면 어머니는 더욱 딸을 때리고 욕을 하려고 들 것이다. 그러나 어머니는 그렇게 하지 않는다. 이 말을 듣자 어머니는 자신이 죄를 지은 것처럼 즉각 온 정신이 마비되어 버린다. 한동안 그녀는 산 사람이 아닌 것처럼 숨소리도 내지 않는다. 잠시 후 어머니가 전에 없던 부드러운 목소리로 말한다.

"너 시집갈래? 그날 얼리빤이 중매 애기를 하러 왔었는데, 내가 그를 쏘아붙여 쫓아 보냈구나. 이제 이 일을 어찌 해야지?"

어머니는 좀 가라앉은 것 같다. 그녀는 곰곰이 생각하고 나서 말한다. 그러나 눈물이 그녀의 목구멍을 막는다. 마치 딸이 그녀의 생명을 질식시키는 것 같다. 그녀는 딸 때문에 부끄러워 죽을 것 같다.

늙은 말의 도살장행

늙은 말 한 마리가 시내로 들어가는 한길을 걸어가고 있다. 도살장은 성문 동쪽에 있다. 도살장의 도살용 칼이 이 늙어빠진 동물을 기다리고 있다.

늙은 왕씨 아주머니는 그녀가 데리고 가는 말의 고삐를 끌지 않고 말의 뒤에서 짧은 나뭇가지로 말을 때려 말이 앞으로 걸어가도록 몰고 있다.

큰 숲 속에 노란 단풍잎들이 휘날리고 있다. 그 노란 단풍잎들은 울부짖고 있다. 숲 저쪽을 보면 온 숲의 나무들이 마치 커다란 접힌 우산 같다. 처량한 햇빛이 잎이 다 떨어진 앙상한 나무들을 비추고 있다. 들판에서는 멀고 가까운 인가들이 다 보인다. 깊은 가을의 들판은 감각이 없는, 털이 다 빠져버린 가죽 같다. 먼 곳이나 가까운 곳이나 모두 다 황량하다. 여름철에는 나무와

풀에 묻혀 버렸던 집들이 이제 아주 잘 보인다. 마치 이제 막 땅 위로 우뚝 솟아난 것 같다.

깊은 가을의 산물인 단풍잎은 여름철에 날던 나비들을 쫓아냈다. 단풍잎 하나가 왕씨 아주머니의 머리 위에 조용히 내려앉는다. 왕씨 아주머니는 그녀의 늙은 말을 몰고 가고 있다. 머리에 단풍잎을 얹고! 늙은 말과 늙은 부인, 그리고 늙은 나뭇잎 하나가 시내로 들어가는 큰길을 걷고 있는 것이다.

길 어구에 점차 사람들의 모습이 나타나고 있다. 담뱃대를 빨고 있는 사람이 보인다. 얼리빤이 맞은편에서 오고 있는 것이다. 그의 기다란 얼굴은 흔들거리는 몸과 함께 훈련이 잘 된 원숭이와 좀 비슷하다. 그가 말한다.

"아이구, 아주 일찍 일어나셨군요! 시내에 무슨 볼 일이 있으십니까? 어째 말만 몰고 시내에 가십니까? 수레를 매고 끌지 않고요?"

소매를 털고, 귓가의 머리카락을 귀 뒤로 쓸어 넘기고, 손을 털면서 왕씨 아주머니가 말한다

"때가 됐어요. 끓는 솥에 넣어야겠어요!"

왕씨 아주머니는 아무런 느낌도 없다. 그녀는 길가에 난 풀을 먹고 있는 말을 바라보며 짧은 나뭇가지로 말을 몰며 또 전진한다.

얼리빤은 대단한 비감을 느낀다. 잠시 후 그는 몸을 돌려 왕씨

아주머니를 쫓아가며 속으로 중얼거린다.

"끓는 솥에 넣는 것은 안 돼요. ……끓는 솥에 넣는 것은 안돼요……."

그러나 어찌할까? 그는 한 마디도 말을 하지 못한다. 그는 몸을 비틀어 앞으로 뛰어가 손으로 말갈기를 쓰다듬는다. 늙은 말은 즉각 콧소리를 낸다. 말의 눈이 우는 것처럼 축축하고 흐릿해 보인다. 그러자 곧 슬픔이 왕씨 아주머니의 마음에 가득 찼다. 왕씨 아주머니가 목이 메어 말한다.

"됐어요, 됐어요. 끓는 물솥에 집어넣지 않으면 굶어 죽기를 기다리는 수밖에 더 있겠어요?"

깊은 가을의 잎이 다 떨어진 나무들이 매서운 바람 때문에 영혼을 빼앗기는 것처럼 울음소리를 내며 운다. 말이 앞서가고, 왕씨 아주머니는 뒤에 서서 한 걸음 한 걸음 도살장으로 다가간다. 한 걸음 한 걸음마다 바람 소리가 늙은 말의 죽음을 전송하고 있다.

왕씨 아주머니는 혼자 상념에 잠긴다. 사람이 어찌 이리도 심히 변했을까? 젊은 시절엔 늙은 말이나 늙은 소를 자주 도살장에 끌고 가지 않았던가? 그녀는 도살용 칼이 자기 척추 뼈를 푹 찌르는 환상을 하고 온몸을 부르르 떤다. 그러다가 손에 든 나뭇가지를 놓쳤다. 그녀는 머리가 어찔하여 길가에 주저앉는다. 머리카락이 어지럽게 흩어져 귀신같다. 나뭇가지를 다시 집어 들고 보니 늙은 말이 안 보인다. 말은 앞쪽에 있는 작은 물웅덩이로 물을 마시러 간 것이다. 이 물은 말이 마지막으로 마시는 물이겠지? 말은 물을 마셔야 한다. 또 쉬어야 한다. 말은 물을 마시고 물웅덩이 옆에 누워 천천히 숨을 쉬고 있다. 왕씨 아주머니가 나지막하고 자애로운 목소리로 부른다.

"일어나거라! 시내로 걸어가자! 뭐 별 수 없지 않니?"

말은 여전히 누워 있다. 왕씨 아주머니는 해가 중천에 떠 있는 것을 보자 마음이 다급해진다. 그녀는 또 서둘러 집으로 돌아가 점심밥을 지어야 하는 것이다. 그러나 그녀가 아무리 고삐를 끌어도 말은 여전히 꿈쩍도 하지 않는다.

왕씨 아주머니는 화가 치민다. 일어나라고 외치며 그녀는 나뭇가지로 말을 때린다. 일어나기는 했지만 늙은 말은 여전히 물웅덩이에 미련을 갖고 있다. 왕씨 아주머니는 고통스러운 인생살이 결과 쉽사리 격노하는 성격이 되어 버렸다. 때문에 말 척추를 마구 때려 나뭇가지가 두 동강이 난다.

또다시 무사히 큰길을 걷는다. 황량한 주택 몇 채를 지나고, 몇 군데 낡고 작은 사찰을 지난다. 한 작은 사찰 앞에는 짚으로 묶인 죽은 아이의 시체가 놓여 있다. 아이의 작은 머리가 밖으로 나와 있고 가련한 작은 발이 짚 묶음 밖으로 쑥 나와 있다. 누구네 아이길래 이 광야의 작은 절간 앞에 잠들어 있는 것일까.

도살장이 가까워진다. 성문은 바로 눈앞에 있다. 왕씨 아주머니의 마음은 더욱 들끓기 시작한다. 가라앉혀지지를 않는다.

5년 전에는 이 말도 젊은 말이었지만 농사일 때문에 바짝 말라 지금은 가죽만 뼈대를 겨우 덮고 있다. 이제는 늙어 버렸다. 가을도 막바지다. 수확도 끝냈으니 쓸 데가 없다. 단지 말가죽 한 장 때문에 주인은 잔인하게도 이 말을 도살장으로 보내는 것이다. 바로 말가죽 한 장이라는 값어치 때문에 지주는 이 말을 왕씨 아주머니의 손에서 빼앗아가려는 것이다.

왕씨 아주머니는 마음속으로 자기가 허공 속에 높이 매달려 있는 것 같은 느낌을 받는다. 판자 울타리에 못 박혀 있는 소가죽 한 장을 보자 그녀는 자기 자신이 그 높은 곳에서 떨어지는 것 같다. 그 골목에는 모두 다 무너질 것 같은 집들뿐이다. 여자들 그리고 아이들이 길 양쪽에 군데군데 모여 있다. 길은 발을 디딜 때마다 먼지가 일어나서 신발에 뽀얗게 먼지가 앉는다. 먼지는 사람들의 콧구멍으로도 들어간다. 아이들이 흙덩이나 쓰레기뭉치를 주워 늙은 말을 때린다. 왕씨 아주머니가 욕을 퍼붓는다.

"이 뒈질 놈들아! 이 뒈질 놈들아!"

이 골목은 아주 짧은 골목이다. 이 짧은 골목의 막다른 곳에 검은 대문이 활짝 열려 있다. 좀 더 가까이 걸어가 보니, 문짝에 점점이 나 있는 핏방울 흔적이 보인다. 왕씨 아주머니는 핏자국을 보고 공포에 질린다. 마치 자기가 형장을 밟고 있는 듯한 느낌이다. 그녀는 젊었을 때 본 형장의 기억이 되살아나지 않도록 자기 자신을 진정시키려고 애쓴다. 그러나 그 기억은 도리어 하나하나 생생하게 떠오른다. 젊은이 하나가 쓰러지고, 또 노인 한 사람이 쓰러진다. 칼을 휘두르는 망나니가 세 번째 사람을 향하여 칼부림을 하고 있다.

화살에 맞은 것 같기도 하고 불침을 맞은 것 같기도 해서 왕씨 아주머니는 아이들이 말을 때리는 것을 그냥 놓아두고 볼 수가 없다. 그러나 그녀는 그 장난꾸러기들에게 할 욕설조차 생각이 안 난다. 걷고 걸어서 마당 가운데에 이르러 멈추어 섰다. 사방의 판자울타리에 수많은 동물 모피들이 못에 박혀 널려 있다. 처마 밑에 세워져 있는 높은 나무기둥들 사이에 가로목이 가로놓여 있다. 잘린 말발굽 또는 소발굽이 삼 줄로 두 개씩 엮여 삼지창 모양으로 걸려 있고, 창자뭉치도 한 뭉치씩 걸려 있다. 창자는 여러 날이 지났는지 검은색으로 말라붙어 납작한 새끼줄 모양이 되어 있다. 또 잘려진 다리뼈들이 놓여 있는데, 어떤 것들은 절단면에서 피가 뚝뚝 떨어지고 있다.

남쪽 울타리 근처에도 높은 나무기둥이 세워져 있고, 기둥 꼭대기에 김이 모락모락 나는 창자가 걸려 있다. 창자가 아직도 뜨겁다는 것은 곧 그 동물이 죽은 지 얼마 안 된다는 것을 말해준다.

마당 가득 피비린내가 진동한다. 이 비린내 속에서 왕씨 아주머니는 자신이 납덩이로 변해 버릴 것 같은 느낌이다. 착 가라앉아 감각이 없다.

늙고 밤색 털을 가진 말은 고독하게 판자 울타리 밑에 서서 못에 박혀 걸려 있는 모피에 대고 가려운 데를 비벼 문지르고 있다. 이 순간은 아직 살아 있는 말이지만, 잠시 후면 저 말도 한 장의 모피로 변하리라!

퉁방울 같은 눈을 가진 험상궂은 얼굴의 사나이가 뛰어나왔다. 그는 가슴을 풀어헤쳐, 말을 할 때마다 가슴팍이 발딱발딱 들먹인다.

"말을 끌고 왔어요? 아, 가격은 잘 쳐 드릴게요. 제가 잘 봐 드릴게요."

왕씨 아주머니가 말했다.

"몇 푼만 주면 나는 바로 가버릴 거요. 귀찮게 따지지 맙시다."

그 사내는 말 꼬리를 때려보고, 발로 말발굽을 차보고 한다. 이 얼마나 견디기 어려운 순간인가!

왕씨 아주머니는 지폐 석 장을 받았다. 이 돈이면 1묘의 토지세를 낼 수 있다. 돈을 보자 얼마간 위안이 되는 것 같다. 그녀는 고개를 떨구고 대문 쪽으로 걸어갔다. 돈을 좀 남겨 술을 사가지고 돌아갈까 생각한다. 그녀가 대문을 넘어서는 순간 뒤에서 외치는 소리가 들린다.

"안 돼! 안 돼! ……말이 달아난다!"

왕씨 아주머니가 뒤를 돌아보자 말이 자기 뒤를 따라오고 있다. 말은 아무 것도 모르고 집으로 돌아가려고 하는 것이다. 도살장 안에서 남자들 몇 명이 뛰어나왔다. 험상궂은 얼굴의 남자들이 말을 떠밀어 들여보내려고 한다. 그러자 말은 길바닥에 벌렁 누워버린다. 땅속에 뿌리를 내린 나무처럼 꿈쩍도 안 한다. 왕씨 아주머니는 어쩔 수 없이 마당 안으로 돌아 들어갔다. 말도 따라서 마당 안으로 돌아 들어갔다. 그녀가 이마를 긁어주자 말은 땅위에 드러눕는다. 그리고 차츰 잠에 빠져든다. 왕씨 아주머니는 벌떡 일어나 대문을 향해 내달렸다. 골목 입구까지 줄달음질을 했다. 그 순간 대문 닫히는 소리가 들렸다.

그녀는 술을 사가지고 올 마음이 싹 가셨다. 울면서 집으로 돌아갔다. 소맷자락이 온통 눈물로 축축이 젖었다. 마치 장례를 치르고 돌아온 것 같은 느낌이었다.

집에 오니 지주가 보낸 심부름꾼이 문 앞에서 기다리고 있었다. 지주들은 동전 한 닢이라도 가난한 농부들에게 남겨 두려 하지 않는다. 지주의 심부름꾼은 돈을 받아 가지고 갔다.

왕씨 아주머니의 한 나절에 걸친 고통은 아무 대가도 없게 되었다. 뿐만 아니라 그녀의 일생에 걸친 고통도 역시 아무 대가도 없을 것이다.

황량한 산(荒山)

겨울이면 여인들은 자주 소나무 무더기처럼 그렇게 옹기종기 모여 앉곤 한다. 왕씨 아주머니네 온돌방에 방 안 가득 동네 여인들 앉아 있다. 다섯째 고모는 삼신을 짜고 있다. 그녀는 웃다가 그만 바늘을 자리 틈에 떨어뜨리고 말았다. 바늘을 찾는 그녀의 거동이 우습다. 날쌘 비둘기처럼 일어서서 온돌 바닥을 이리저리 뛰며 말한다.

"누가 내 바늘을 훔쳤지? 강아지가 내 바늘을 훔쳐갔나?"

"아니에요! 장래 고모부가 고모 바늘을 훔쳐갔대요!"

새로 시집온 링즈(菱芝) 언니는 언제나 이런 농을 하기 좋아한다. 다섯째 고모가 달려가서 그녀를 때린다.

"때리지 말아! 사람을 때리면 곰보 신랑한테 시집간대."

왕씨 아주머니가 주방에서 이렇게 소리친다. 왕씨 아주머니는 언제나 유머러스하고 즐겁다. 시골마을의 다른 늙은 부인들과 다르다. 그녀의 목소리가 또 주방으로부터 들려온다.

"다섯째 고모는 삼신을 몇 켤레나 짰나? 젊은 신랑에게 주려면 몇 켤레 더 짜야 할 텐데?"

다섯째 고모가 자리에 앉은 채로 눈을 부라리며 말한다 .

"당신 같은 노인네가 어디 또 있을까요? 오십이 다 돼 가면서 아직도 이런 말을 하시다니!"

왕씨 아주머니가 좀 점잖은 태도로 말한다.

"어린 너희들이 무엇을 알겠니? 몇 켤레 더 짜라! 젊은 신랑이 희한하게 여길 테니."

모두들 깔깔거리고 웃는다. 그러나 다섯째 고모는 웃지 못한다. 속으로는 우스우면서도, 고개를 푹 숙이고 자리에서 바늘을 찾는 척 한다. 링즈 언니가 바늘을 다섯째 고모에게 돌려주고 나서야 방 안이 조용해진다. 주방의 왕씨 아주머니가 생선 비늘 벗기는 소리와 창호지에 눈이 내려앉는 소리가 섞여 들린다.

왕씨 아주머니가 찬물로 언 생선을 씻는다. 그녀의 두 손은 당근처럼 빨갛다. 그녀는 온돌 가장자리로 들어가 화롯가에서 손을 쪼인다. 코에 반점이 나있는, 남편을 막 여읜 부인이 낡고 작은 헝겊조각을 내려놓고 흩어진 헝겊 무더기에서 더 작은 헝겊조각을 찾아내서 재빨리 깁는다. 그녀의 얼굴은 왕씨 아주머니와 좀 비슷하다. 광대뼈가 툭 뛰어나오고, 눈이 작은 동굴 같은 안구 속에 유리알처럼 깊숙이 박혀 있다. 또 왕씨 아주머니처럼 눈썹 중앙 부분이 돌출해 있다. 그 여인은 요염하고 음탕한 말을 듣기가 거북하여 왕씨 아주머니에게 묻기 시작한다.

"당신 첫 남편은 아직도 살아 있나요?"

불을 쬐고 있던 두 개의 손에서 비린내가 좀 난다. 생선 비늘 하나가 떨어져 푸지직 소리를 내며 탄다. 연기가 모락모락 피어오른다. 그녀는 화롯가의 재로 연기를 덮어버리고 천천히 고개를 흔든다. 질문에 대해 소리를 내 대답하지는 않는다. 생선 비늘 타는 냄새를 참기가 좀 어렵다. 사람들이 눈살을 찌푸리거나 콧잔등을 문지른다. 코에 반점이 나있는 과부는 약간 후회가 된다. 이 말은 묻지 말았어야 했다고 생각한다. 방구석에 다섯째 고모의 언니가 앉아 있다. 그녀가 삼끈으로 신바닥을 꿰느라고 내는 '쐐쐐' 소리가 단조롭게 커졌다 작아졌다 한다.

주방문이 얼어붙었던 탓으로 깨지는 듯한 소리를 내며 열린다.

"아이고! 왜 검은 물고기들을 샀지?"

모두들 어촌의 이씨네 둘째 숙모가 왔다는 것을 알아챘다. 목소리가 들리는 순간 금방 그녀의 훤칠한 키를 상상할 수 있었다.

"정말 곧 설이 되는군! 어떻게 이 물고기들을 살 돈이 있었던 모양이지?"

차가운 공기 속에서 그녀의 목소리가 매우 높이 울린다. 방 안으로 들어서자마자 그녀는 곧 방 안 가득히 앉아 있는 사람들을 둘러본다.

"모두들 여기 모여 있었군! 젊은이 늙은이 할 것 없이."

그녀는 너무 말라서 바람이 불면 허리가 끊어질 것 같다. 그녀의 유방은 마치 두 개의 산 고개 같이 높다랗다. 옆에서 보니 그녀의 배도 약간 불룩하니 솟아 보인다. 벽에 기대앉아 아이에게 젖을 주고 있던 중년부인이 살펴보다가 묻는다.

"둘째 숙모, 또 가진 것 아니에요?"

둘째 숙모가 자기 허리께를 바라보며 말한다.

"자네들 같을라구! 품에 안고 뱃속에 또 담고……."

그녀는 일부러 톡 쏘아붙였으나 잠시 후 여러 사람에게 솔직하게 고백한다.

"삼 개월이야. 아직도 못 알아보겠어?"

링즈 언니가 그녀의 배를 쓰다듬어 본다. 그녀는 눈을 흘기며 잔잔하게 웃는다.

"정말 티가 안 나는데요. 밤새도록 남편을 끌어안고 주무시지요?"

"누가 그래? 자네들 새색시들이나 그렇지!"

"새색시라……? 흠! 꼭 그렇지도 않대요."

"우리네는 모두 늙었어! 그것은 별로 중요한 게 아니라구. 자네들은 젊으니 대단할 거야. 젊은 신랑이라야 신선할 수 있거든!"

모든 사람들이 이 말에 이끌려 저마다 자기 경우를 생각하기 시작한다. 모두들 가슴이 좀 뛰고 얼굴이 달아오른다. 시집을 안 간 다섯째 고모조차도 신비로움을 느껴 평온을 잃는다. 그녀는 부끄러워져 살짝 빠져 나가 주방을 지나 집으로 돌아갔다. 부인들만 남자, 그녀들의 말투가 더욱 적나라해진다. 왕씨 아주머니도 이 부인들의 무리에 끼어 있었으나, 그녀는 아무 말도 하지 않고 웃음만 거들었다.

시골 여자들은 영혼에 대해서는 전혀 알지도 못하고 영원히 체험도 하지 못한다. 오로지 물질만이 그녀들을 채워줄 수 있다.

이씨네 둘째 숙모가 링즈 언니에게 작은 목소리로 묻는다. 사실 작은 소리라 사람들이 더욱 똑똑하게 들었지만.

링즈 언니는 아무래도 새색시인지라 갑자기 대단히 부끄러움을 느낀다. 그래서 입을 열지 못한다. 이씨네 둘째 숙모가 커다란 유방을 털렁거리며 손으로 링즈 언니를 떠밀면서 말한다.

"말해 봐. 자네들은 젊으니까 매일 밤 그 일을 하려 들겠지?"

이러고 있던 중에 얼리빠의 마누라가 들어온다. 둘째 숙모가 링즈 언니를 부추긴다.

"자네 빨리 저 사람에게 물어보게."

그 멍청이 같은 여편네는 늘 생뚱맞은 말을 한다.

"열 번 남짓."

온 방 안 사람들이 모두 깔깔거리다가 눈물을 찔끔거린다. 아이가 어머니의 품속에서 놀라 깨서 큰 소리로 운다.

이씨네 둘째 숙모가 우스갯소리를 한바탕 하고 나서 일어서며 말한다.

"위에잉(月英)이 오이지를 먹고 싶대. 하마터면 잊을 뻔했네. 나는 오이지를 얻으러 왔는데."

이씨네 둘째 숙모는 오이지를 가지고 갔다. 왕씨 아주머니도 밥을 지으러 간다. 다른 사람들도 하나하나 빠져 나가 집으로 돌아갔다. 왕씨 아주머니는 부엌에서 혼자서 생선을 튀긴다. 연기 탓으로 집안이 적막하게 느껴지지는 않는다.

생선을 식탁에 차려놓았으나 핑얼(平兒)은 돌아오지 않았다. 핑얼의 아버지도 돌아오지 않았다. 어둑한 집안에서 왕씨 아주머니 혼자서 밥을 먹는다. 뜨거운 열기가 그녀를 동반해 주고 있다.

위에잉은 어촌에서 가장 아름다운 여인이다. 그러나 그녀의 집은 가장 가난하다. 이씨네 둘째 숙모와 이웃하여 살고 있는 그녀는 대단히 얌전하다. 그녀가 높은 목소리로 웃거나 싸우며 떠드는 소리를 들어본 사람은 아무도 없다. 태어날 때부터 아름다운 그녀의 눈빛과 마주치면 누구나 보드라운 솜털 속에 싸인 것처럼 그렇게 즐겁고 포근한 느낌을 받게 되곤 한다.

그러나 이제 그녀의 그런 눈빛은 완전히 없어졌다. 이씨네 둘째 숙모는 매일 밤 이웃 아낙네가 처참하게 우는 소리를 들어야 한다. 12월 엄동설한의 밤에 이웃에서 들려오는 흐느낌은 더욱 침통하게 들린다.

산 위의 눈은 바람 때문에 산기슭의 이 작은 집을 매몰시킬 것 같다. 커다란 나무들이 부르짖고, 눈바람이 작은 집을 들이받으며 분다. 산기슭에 기우뚱 서 있던 나무가 쓰러졌다. 차가운 겨울 달은 이 모든 소리에 놀라 두려운 듯 하늘 저쪽으로 멀어져 갔다. 이럴 때 이웃집에서 들려오는 울음소리는 더욱 애절하였다.

"당신…… 당신 나에게 물 좀 갖다 줘요. 목말라 죽겠어요."

목소리는 가늘디가늘어 금방이라도 숨이 끊어질 듯하다.

"입이 말라 죽겠어! ……물 한 그릇 좀 갖다 줘요."

시간이 지나도 대답이 없다. 잔약하고 애절한 작은 소리는 더이상 들리지 않는다. 훌쩍훌쩍, 흐느끼는 소리만 들린다. 이웃들은 소리만 좀 듣고도 그녀가 눈물을 뚝뚝 떨어뜨리며 울고 있는 모습을 선하게 떠올릴 수 있다.

낮이면 아이들은 산기슭에 모여 논다. 나뭇가지를 잡고 기어 올라가 얼음이 언 작은 길을 타고 미끄러져 내려간다. 그들은 제각기 다른 자세를 취한다. 데굴데굴 굴러 내려오는 놈, 두 다리를 쩍 벌리고 내려오는 놈. 또 모험을 좋아하는 녀석들은 머리를 아래로 하고 발을 공중으로 뻗어 물구나무를 선 채로 미끄럼을 탄다. 그들은 늘 넘어져 피를 흘리며 집에 돌아가곤 한다. 겨울은 촌마을 아이들에 대해서도, 꽃이나 과일에 대해서 만큼이나 심술궂다. 그들의 귀는 봄이 오면 곪고 붓기 시작하고 손과 발이 튼다. 시골 사람들은 아이들을 언제나 적대시한다. 아이들이 아빠의 솜 모자를 훔쳐 쓰고 뛰어나가면 엄마들은 뒤따라가 때리고 욕을 하며 빼앗아 들고 돌아온다. 엄마들은 언제나 아이들을 미친 듯이 무참하게 혼내 버리곤 한다.

왕씨 아주머니는 위에잉에게 병문안을 가자고 다섯째 고모와 약속했다. 산언덕을 지날 때 핑얼이 눈에 뜨였다. 핑얼은 아빠의 커다란 털신을 훔쳐 신고 있었다. 그 애가 산언덕을 달려 내려가 도망친다. 신발이 커다란 곰의 발바닥처럼 그 아이의 발에 걸려 있다. 핑얼은 어기적어기적 걷다가 언덕에서 굴러 떨어진다. 불쌍한 아이는 그렇게 몸에 맞지 않는 크고 검은 발을 하고, 공처럼 데굴데굴 굴러 산기슭의 커다란 나무줄기 위로 굴러 떨어진다. 왕씨 아주머니가 바람처럼 뛰어가 핑얼의 몸 위에 올라탄다. 그 모습은 마치 숲 속의 야수가 작은 짐승을 사냥하는 만큼이나 포악스럽다. 마침내 왕씨 아주머니는 신발을 빼앗아 들었고, 핑얼은 맨발로 집으로 돌아가야 했다. 맨발로 눈 위를 걷자니 맨발로 불 위를 걷는 것만큼이나 발을 내딛기가 어렵다. 왕씨 아주머니는 아이가 맨발을 하고 얼마나 멀리 가야 하는지는 상관하지 않고 여전히 지껄이고 있다.

"신발 한 켤레를 사면 겨울을 세 번은 나야 돼. 너무 신어서 해지면 어디 살 돈이 있다든? 네 아빠는 시내에 가실 때에도 안 신는단 말이야."

위에잉은 왕씨 아주머니를 보고도 선뜻 말을 하지 못한다. 그녀는 먼저 목이 메었다. 왕씨 아주머니는 신발을 방바닥에 내려 놓고 손으로 콧물을 닦는다.

"좀 나아졌니? 얼굴은 혈색이 좀 도는데!"

위에잉은 이불을 밀어 젖혔으나 이불은 여전히 그녀의 어깨 위까지 덮고 있다. 그녀가 말한다.

"나는 끝장났어요. 보세요. 이불도 못 젖히잖아요."

위에잉은 온돌의 중앙에 앉아 있다. 어두컴컴한 방은 마치 작은 암자 같고, 위에잉은 마치 암자 속에 앉아 있는 여부처 같다. 그녀가 넘어지지 않도록 베개가 사방에 받쳐져 있다. 이렇게 지낸 지 이미 1년이 넘었다. 1년 동안 위에잉은 누워서 자 본 적이 없다. 그녀는 중풍을 앓고 있는 것이다. 처음에는 그녀의 남편이 그녀를 위해 무당도 부르고 제도 올렸다. 토지신 사당 앞에 가서 약을 구해 오기도 했다. 그 뒤엔 시내에 있는 큰 절에 가서 제를 올렸다. 그러나 위에잉의 병은 이상하게도 이런 제나 푸닥거리로 고쳐지지가 않았다. 그 후로 남편은 자기가 할 수 있는 일은 다 했다고 생각했다. 그럼에도 불구하고 위에잉의 병은 나날이 나빠졌다. 그녀의 남편은 매우 상심했다. 그래서 욕을 해댔다.

"너 같은 여편네에게 장가를 들었다니! 정말 재수 없어. 조상님께 장가든 것 같다니까. 너에게 봉공만 해야 하잖아?"

처음에는 그녀와 그는 각자 자기주장만 내세웠다. 때문에 그는 그녀를 때리기도 했다. 그러나 지금은 그렇지 않다. 절망을 한 것이다. 그는 시내에서 채소를 다 팔고 저녁 때 돌아오면 곧 밥을 지어 혼자 먹는다. 먹고 나면 곧 잠이 든다. 이튿날이 샐 때까지 그는 잠을 잔다. 한쪽에 앉아 있는 그 죄 많은 여인은 날이 밝을 때까지 밤새도록 울부짖는다. 그들은 마치 귀신과 사람이 모여 사는 것처럼 피차 아무 관심이 없다.

위에잉은 혀끝만 굴려 움직이며 말을 겨우 한다. 왕씨 아주머니가 그녀에게 가까이 다가갔더니 역겨운 냄새가 짙게 풍긴다. 냄새는 더러운 물건 속에서 더욱더 강렬하게 발산되었다. 위에잉이 자기 뒤를 가리키며 말한다.

"이것 좀 보세요. 이것은 그 죽일 인간이 내게 갖다놓은 벽돌이에요. 그는 내가 곧 죽을 거래요. 이불을 쓸 필요가 없대요. 벽돌로 내 몸을 괴어 놓았어요. 내 몸은 살이 하나도 없이 텅 비었어요. 그 양심 없는 인간은 나를 갈아 죽일 방법을 생각하고 있다고요!"

다섯째 고모는 남자가 너무나 잔인하다고 생각한다. 그래서 그녀는 벽돌을 모두 아궁이 속에 집어던져 버린다. 위에잉의 목소리가 또 끊길 듯 이어진다.

"나는 안 돼. 어찌 나을 수 있겠어? 나는 곧 죽을 거야."

그녀의 눈의 흰자위는 완전히 녹색으로 변해 있다. 가지런한 앞니도 전부 다 녹색으로 변해 있다. 그녀의 머리카락은 바싹 태운 것처럼 두피에 착 달라붙어 있다. 그녀는 병든 고양이처럼 고독하고 절망적으로 보인다.

왕씨 아주머니가 위에잉의 허리께를 이불 한 장으로 둘러 주자 위에잉이 말한다.

"내 몸 밑을 좀 보세요. 더러워 죽겠어요."

왕씨 아주머니가 아궁이로 내려가 나무막대기로 풍로를 꿰어 들고 들어온다. 그녀는 연기가 솟아오르는 풍로를 위에잉의 뒤에 놓는다. 왕씨 아주머니가 위에잉의 이불을 젖히자 위에잉의 그 작은 골반에 말라붙어 있는 적잖은 배설물이 보인다. 다섯째 고모가 위에잉의 허리를 붙잡는다. 위에잉은 비명을 질러댄다.

"아야, 아이구 엄마! ……아이구, 아파."

그녀의 다리는 하얀 대나무 장대처럼 나란히 앞쪽으로 쭉 뻗쳐져 있다. 그녀의 뼈대는 방바닥과 정확하게 직각을 이루고 있다. 그녀는 완전히 실과 헝겊으로 만든 인형 같다. 머리가 좀 지나치게 크지만. 그녀의 머리는 마치 장대 위에 걸려 있는 등잔 같다.

왕씨 아주머니가 밀짚으로 그녀의 몸을 닦는다. 그리고 마지막으로 젖은 헝겊을 가지고 닦아낸다. 다섯째 고모는 뒤에 서서 그녀를 안아 일으킨다. 엉덩이를 닦을 때, 왕씨 아주머니는 작고 하얀 것이 손에 떨어져 꿈틀꿈틀 기어가는 것 같은 느낌을 받았다. 풍로의 불빛에 자세히 비춰 보니 그것은 구더기들이다. 그녀는 위에잉의 엉덩이 밑이 썩었다는 것을 눈치챘다. 작은 구더기들이 거기서 바글바글 들끓었다. 위에잉의 몸은 작은 벌레들의 동굴로 변해 있었다. 왕씨 아주머니가 위에잉에게 묻는다.

"너 다리 통증이 있니? 없니?"

위에잉은 고개를 흔든다. 왕씨 아주머니가 찬물로 그녀의 뼈만 앙상한 다리를 씻는다. 그러나 그녀는 아무 감각이 없다. 하체 전부에 중풍이 걸린 이 환자는 자신의 다리가 별개의 물체 같다. 그녀에게 물 한잔을 주면서 왕씨 아주머니가 묻는다.

"이가 어째 녹색으로 변했지?"

결국 다섯째 고모가 이웃집에 가서 거울을 하나 빌려와 가지고 위에잉에게 비춰 보여줬다. 그녀는 슬픔이 남의 영혼으로 파고들 만큼 비통한 소리를 내며 울기 시작했다. 그러나 얼굴에는 눈물이 한 방울도 보이지 않는다. 졸지에 모가지를 찍혀 죽는 고양이처럼, 차마 듣기 어렵고 온기 없는 처량한 소리를 내며 그녀가 나지막하게 울먹이기 시작한다.

그녀가 말한다.

"나는 귀신이야. 빨리 죽었으면! 산 채로 나를 묻어줘요."

그녀는 손으로 머리카락을 쥐어뜯는다. 등을 비비 꼬면서 꽤 오랫동안 그녀는 히스테리를 부린다. 하지만 힘이 없었기 때문에 이내 머리를 한 쪽 어깨에 갸우뚱 떨구고 슬며시 잠이 든다.

왕씨 아주머니는 신발을 들고 산기슭에 있는 이 작은 집을 나선다. 황량하고 고요한 산 위의 하늘 저편으로 걸어가는 나그네. 그녀는 머리가 핑 돈다. 강한 빛과 중풍 환자의 냄새와 생로병사의 번뇌 때문에 그녀의 생각들은 이리저리 흩어져 버린다.

다섯째 고모는 왕씨 아주머니에게 눈인사를 하고 자기 집 대문으로 들어간다. 다양한 인생을 경험한 늙은 할망구 혼자 더 먼 길을 걸어가도록 남겨 두고.

왕씨 아주머니는 머리에 쓴 남색 수건을 매만지며 발걸음을 재촉한다. 발밑으로 달라붙은 눈이 미친 듯 빠른 속도로 그녀를 따라오며 소리를 낸다.

사흘 후, 위에잉의 관이 메여 나갔다. 황량한 산(荒山)을 가로질러 서둘러 산기슭에 묻혔다.

죽은 사람은 죽었어도 산 사람은 살아갈 대책을 마련해야 한다. 겨울이면 여인들은 여름옷을 준비하고, 남자들은 내년 농사를 어떻게 시작할까 궁리해야 한다.

그날 짜오싼(趙三)은 시내에 갔다가 양피 두 장을 어깨에 걸치고 왔다. 왕씨 아주머니가 그에게 묻는다.

"어디서 난 양피예요? 당신이 샀나요? 돈이 어디서 생겼지……."

짜오싼은 마음속에 무엇인가를 숨기고 있는 듯, 아무 말도 하지 않고 쏜살같이 아궁이 앞을 지나간다. 새빨간 불빛이 순식간에 선명해졌다. 그가 문을 열고 나간 것이다.

밤이 깊었는데도 그는 아직 돌아오지 않는다. 왕씨 아주머니가 핑얼에게 그를 찾아보라고 시켰다. 그러나 핑얼의 발은 움직이기가 거북하다. 왕씨 아주머니는 할 수 없이 자신이 얼리빤의 집으로 갔다. 얼리빤은 집에 없었다. 그는 어촌에 갔단다. 짜오싼의 걸걸한 목소리가 리칭싼(李靑山)의 집 창문을 통해 들려 나온다. 왕씨 아주머니는 그가 또 술을 마셨다고 생각한다. 그녀는 문을 밀며 말한다.

"지금이 몇 시요? 아직도 집에 돌아가 자지 않고?"

이 말 한 마디에 온 방 안의 남자들이 즉시 입을 연다. 왕씨 아주머니는 뜻밖의 반응이라고 생각한다. 리칭싼의 아내도 집에 없다. 아무도 보이지 않는다. 짜오싼이 말한다.

"뭐하러 왔어? 돌아가서 잠이나 자! 나도 곧 갈게…… 간다고……"

왕씨 아주머니는 짜오싼의 얼굴빛을 살펴보고 앉을 만한 자리도 없고 해서 몸을 돌려 나온다. 그녀는 마음속으로 생각한다. 리칭싼의 마누라는 어째서 집에 없을까? 이 사람들은 무엇을 하고 있는 것일까?

또 다른 어느 날 저녁이었다. 짜오싼이 새로 지은 양피 옷을 입고 외출했다. 그리고는 한밤중에야 겨우 돌아왔다. 온몸에 달빛을 받으며 그가 문을 두드렸다. 왕씨 아주머니는 그가 또 술을 마셨겠지 하고 생각했다. 그러나 그가 잠든 후 그녀는 전혀 술

냄새를 맡지 못했다. 그러면 나가서 도대체 무엇을 하는 것일까? 언제나 분노에 가득 차서 돌아오곤 하다니.

이씨네 둘째 숙모가 자기 아이 손을 잡고 와서 묻는다.

"토지세가 올랐어요?"

왕씨 아주머니가 대답한다.

"나는 아직 못 들었는데."

이씨네 둘째 숙모는 틀림없다는 표정을 한다.

"그렇다니까요! 아직 모르세요? 셋째 아주버니(짜오싼)는 날마다 우리 집에 오셔서 우리 애 아빠와 이 일을 의논하시는데요 내가 보기에 이런 추세로 나가면, 무슨 일이든 벌어지고야 말 것같아요. 그들은 매일 밤 궁리를 한답니다. 그들은 나까지도 꺼려해요. 어젯밤 나는 창밖에 서서 그들이 하는 말을 들었거든요. '그를 때려죽입시다. 그는 악한이라구'라고 하더군요. 생각해 보세요. 그들이 누구를 죽이려고 하는지. 목숨을 내놓고 하는 일이잖아요?"

아이의 머리를 어루만지는 이씨네 둘째 숙모가 좀 애련해 보인다.

"형님이 셋째 아주버니를 말려 보세요. 그들이 만약 일을 저지르면 우리는 어찌 삽니까? 아이들이 아직 모두 어린데⋯⋯"

다섯째 고모와 다른 시골 아낙네들이 작은 보따리를 들고 얼굴 가득 웃음을 띠고 들어온다. 그러나 그녀들은 이내 웃음을 싹

거두고 표정을 바꾼다. 그녀들은 이씨네 둘째 숙모와 왕씨 아주머니가 묵묵히 앉아 있는 모습을 보았던 것이다.

그녀들에게 그 일을 얘기하자, 그녀들도 즐거운 마음이 완전히 가시고 우울해졌다. 아무도 웃지 않고 모두들 바보처럼 명청히 생각에 잠긴다. 그리고 두려운 듯 몇 마디씩 묻는다. 다섯째 고모의 언니가 맨 먼저 커다란 배를 움켜쥐고 걸어 나간다. 이어서 하나하나 조용히들 빠져 나간다. 그녀들은 마치 떼로 뭉쳐 있던 물고기 떼가 갑자기 던져진 낚싯대를 보고 사방으로 흩어져 버리는 것처럼 뿔뿔이 흩어진다.

이씨네 둘째 아주머니는 여전히 떠나지 않고 앉아 있다. 그녀는 어찌하면 이 일을 막을까 하고 왕씨 아주머니에게 이야기하려고 한다.

짜오싼은 요 며칠 동안 자주 집에서 밥을 먹지 않았다. 이씨네 둘째 숙모는 하루에도 서너 차례씩이나 오가곤 한다.

"셋째 아주버니는 아직 안 돌아오셨네요. 우리 애 아빠도 아직 안 돌아왔어요"

짜오싼은 이튿날 오후에야 돌아왔다. 그는 문을 들어서자마자 다짜고짜 핑얼을 때렸다. 왜냐하면 핑얼이 아직도 발이 아파 움직이지 못하여 많은 아이들이 집으로 몰려와 놀고 있었기 때문이다. 마당 가운데 쌀을 조금 뿌려놓고, 기다란 판자를 짧은 막대기로 받쳐 세워놓은 뒤 막대기에 긴 밧줄을 묶고 그 밧줄을 방 안에 끌어다 놓고는, 참새들이 곡식을 쪼아 먹으려고 판자 밑으로 차츰차츰 모여들기 시작하면, 아이들은 문턱에 엎드려 있다가 밧줄을 잡아당기곤 하였다. 그렇게 해서 굶주린 수많은 참새들이 판자 밑에 깔려 죽었다. 부엌에 참새 털 타는 냄새가 진동했다. 아이들이 아궁이에서 참새를 여러 마리 구워 먹은 것이다.

짜오싼은 닭 한 마리가 아이들에게 치인 것을 보고 악이 올랐다. 그는 발로 판자를 걷어차고 방바닥에 앉아 담뱃대에 불을 붙인다. 왕씨 아주머니가 솥에서 아침밥을 퍼온다. 그가 말한다.

"나는 먹었어."

이 때 핑얼이 돌아와 그 남은 밥을 먹는다.

"당신 일은 어느 정도나 준비가 됐수? 착수할 수 있으면 시작하지."

그는 깜짝 놀란다. 어찌 누설되었단 말인가? 왕씨 아주머니가 또 말한다.

"나는 알고 있었어요. 나는 또 총을 만질 줄도 알아요."

그는 자기 마누라가 이토록 담이 큰 여자라는 걸 상상해 본 적도 없다. 왕씨 아주머니는 정말로 낡은 양총 한 자루를 찾아내왔다. 그러나 짜오싼은 아직까지 총을 사용해 본 적이 없다. 밤에 핑얼이 잠든 후 왕씨 아주머니는 그에게 어떻게 화약을 넣고 어떻게 발사하는지 가르쳐 준다.

짜오싼은 자기 부인에 대해 서서히 존경심이 일어나는 것을 느낀다. 그러나 좀 더 비밀스러운 일에 대해서는 끝내 그녀에게 말하지 않는다.

외양간에서 왕씨 아주머니는 뜻밖에도 새 낫을 다섯 자루나 발견하였다. 그녀는 머지않아 일이 벌어지겠구나 하고 생각한다.

이씨네 둘째 숙모와 마을의 부인네들이 몰려와 소식을 묻는다. 왕씨 아주머니가 머리를 푹 파묻고 말한다.

"그런 일은 없대. 그들은 백리(百里) 밖으로 나가 짐승을 잡아서 짐승 가죽 몇 장을 만들어 나누어 가질 생각이래."

섣달 그믐날 밤 마침내 일이 벌어졌다. 새빨간 피가 북쪽 끝 눈 덮인 땅을 적셨다. 그러나 일은 예상 외로 엉뚱한 데서 벌어졌다. 짜오싼은 요 며칠 동안 약간 정상이 아니었다. 배나무 몽둥이로 좀도둑을 때려 다리뼈를 부러뜨린 것이다. 그는 달려가서 얼리빤을 불렀다. 그 좀도둑을 흙구덩이에 묻고 눈으로 덮어버릴 생각이었다. 얼리빤이 말했다.

"안 돼요. 봄이 되어 땅 구덩이에서 시체가 발견되면 소문이 날 것이오. 그건 사람의 목숨 문제인데……."

아파 절규하는 지독한 비명소리를 듣고 마을 사람들이 사방에서 뛰어나와 여기저기 찾아 나섰다. 짜오싼은 다리 하나가 부러진 사람을 끌고 모퉁이를 돌아 뛰었다. 그러나 그는 그를 숨길 수가 없었다. 짜오싼은 두려운 마음에서 그를 집어넣을 만한 우물이라도 발견되길 바랐다. 짜오싼의 손은 온통 피투성이였다.

그 일은 온 마을 사람들을 깜짝 놀라게 하였다. 결국 촌장이 시내로 가서 경찰서에 보고하였다.

이리하여 짜오싼은 감옥에 들어가고 말았다. 리칭싼의 '염도회(鎌刀會)*'는 짜오싼이 감옥에 들어가게 되자 힘이 약해지고, 그러다가 소멸해버렸다.

정월 말 짜오싼은 지주의 도움을 받아 감옥에서 풀려나왔다. 그는 머리카락이 매우 길고 얼굴도 많이 헬쑥해졌다. 그는 좀 늙어 있었다.

다리가 부러진 그 좀도둑에게 배상하기 위하여 그는 겨우겨우 키워 놓은 소 한 마리를 시장에 내다 팔았다. 짧은 양피웃옷도 팔았을까? 그 이후로는 그가 입고 있는 것을 한 번도 볼 수 없었다.

저녁에 리칭싼과 몇 사람이 찾아오자 짜오싼은 참회하는 것처럼 말한다.

"내가 일을 그르쳤어. 어쩌면 저지르지 않을 수 없는 재앙이었는지도 몰라. 날이 어둑어둑해질 무렵이었어. 내가 술을 마시고 있는데 펑얼이 누군가가 땔나무를 훔쳐 간다고 외치는 고함 소리가 들리더군. 유 씨네 둘째 나으리가 며칠 전에 와서 지세를 올려야겠다고 말했는데, 나는 동의하지 않고 우리가 힘을 합쳐 지세를 올리지 못하게 하겠다고 말했더랬지. 그랬더니 그 자가

---

* 낫 모임.

그냥 가버렸어. 며칠 후에 그가 또 와서 안 올리면 안 되겠다고 하더군. 그렇지 않으면 우리보고 꺼져 버리래. 나는 좋다고 했지. 그리고 기다리겠노라고 했지. 그 마름 놈이 내게 그래도 반항하겠느냐고 묻더군. 꺼져 버리지 않으면, 우리 짚더미(땔감으로 쓰이는)에 불을 붙이겠대. 단지 나는 그 새끼가 우리 짚더미에 불을 붙이면 어쩌나 하는 생각으로 총을 들고 달려 나가서 그 다리 몽둥이를 부러뜨린 것인데, 다리를 부러뜨리고 나니 속이 다 후련해지더군. 그런데 그게 그 놈이 아니고 좀도둑일지 누가 생각이나 했겠나? 하하하! 좀도둑이 재수가 없었지. 고치더라도 절름발이가 될 테니까!"

그는 '염도회'에 대해서는 깨끗이 잊어버린 것 같았다. 리칭싼이 그에게 묻는다.

"우리가 어떻게 해야 유 씨네 둘째 그 나쁜 놈을 없앨 수 있을까?"

짜오싼이 말하던 '때려죽이자. 그 악한 화덩어리를!' 이라는 말은 이미 오래전에나 들어볼 수 있던 말이었다. 이제 그는 그렇게 말하지 않는다.

"그를 없앤다고 또 무슨 수가 있겠나? 내가 화를 불러일으켰어. 유 씨네 둘째 나으리는 주인(지주)에게 우리를 위해 유리한 말을 적지 아니 했어. 옛날에 내가 잘못 생각했던 거야! 나는 지금 그 벌을 받고 있는지도 몰라."

그의 말에는 종전의 영웅 같은 기백이 없다. 부끄럽고 불안하여 얼굴에 참회의 기미마저 감돈다. 왕씨 아주머니는 한 쪽에 앉아 있다가 이 말을 듣자 마치 머리카락 끝이 곤두서는 것처럼 화가 치민다.

"나는 이런 사내를 본 적이 없어. 처음에는 쇠뭉치처럼 튼튼해 보이더니, 이젠 점점 진흙 덩어리 같아 보이다니!"

짜오싼이 웃는다.

"사람이란 양심이 있는 법이야."

이리하여 양심이 있다는 짜오싼은 매일매일 시내로 들어간다. 배추도 좀 져다가 지주 집에 바치고, 콩도 좀 지주 집에 선물하곤 한다. 이런 일로 왕씨 아주머니는 그와 격렬하게 싸운다. 그러나 그는 소위 양심이라고 하는 것을 끝까지 철저하게 지키고 있다.

하루는 젊은 지주가 나와 문턱에 서서 훈계조로 그에게 말했다.

"큰일 날 뻔했지! 만약 자네를 위해 우리가 한마디 해주지 않았더라면 징역 삼 년을 어찌 면할 수 있었겠나? 그 좀도둑이 재수가 없었던 셈이지. 이것 보게! 내가 손을 써서 자네를 빼내주었다고 해서 그의 다리를 붙여줄 필요는 없잖은가? 그 녀석을 죽게 내버려 두면 깨끗이 끝날 텐데. 자네가 소를 팔아 마련한 돈도 아낄 수가 있고 우리는 지주와 소작인 사이인데, 우리 사이에 어찌 불미스러운 과거를 생각하겠나……."

잠시 말을 멈춘 뒤 젊은 지주는 화제를 다른 것으로 돌린다.

"그러나 올해는 지세를 올려야겠네. 왼쪽에 이웃한 지주들도 모두 지세를 올렸잖은가? 우리가 지주와 소작인으로 같이 지낸 지 오래 되었지만, 그러나…… 조금은 올려야겠네."

며칠 지나지 않아 좀도둑은 병원에서 죽어 떠메어져 나왔다. 죽으니까 정말 깨끗이 끝났다. 짜오싼의 소 판 돈 절반은 짜오싼의 손으로 되돌아왔다. 절반은 젊은 주인이 잡비로 썼다고 했다.

2월이 되었다. 산 위의 눈은 소멸해 가는 빛을 띠었다. 그러나 황량한 산에는 행인들이 오가고 있다. 똥을 푸는 사람이 짐을 메고 황량한 산의 고개를 지나가는 모습도 보인다. 농민들은 둥우리에 칩거했던 곤충처럼 또 깨어났다. 똥을 퍼내는 수레들이 점점 바빠지기 시작했다. 짜오싼네 수레만은 끌어줄 소가 없기 때문에 핑얼과 그의 아빠가 땀을 흘리며 함께 끌고 있다.

지세는 이렇게 하여 오르고 말았다.

양떼

핑얼은 목동으로 고용되었다. 그는 양떼를 쫓아 산들을 쏘다닌다. 초록색이던 산꼭대기가 작은 꽃을 피우고 있는 것처럼 빨간색으로 변했다. 계집애들이 산꼭대기에서 산나물을 캐고 있다. 핑얼은 끊임없이 그 애들을 놀려댔다. 그는 양 한 마리를 몰고 가서 여자애들이 캐놓은 바구니 속 산나물을 먹이곤 한다. 한번은 몸이 커다란 양 한 마리를 골라 말처럼 타고 나타났다. 어린 소녀들은 놀라 울음을 터뜨리며 원숭이처럼 양의 등에 올라타고 있는 그를 바라보았다. 핑얼은 목동이 되자 점점 자기 본성을 드러냈다. 그는 양을 황량한 곳으로 몰고 가 마을의 모든 아이들을 모아 놓고 양 타기 연습을 시켰다. 양들은 매일 움직이기를 좋아하지 않는 돼지처럼 넓은 광야를 이리저리 거닌다.

돌아오는 길엔 흰 구름같이 움직이는 양떼를 앞세우고 그는 맨 뒤의 양의 등에 올라타 마치 병졸을 지휘하는 대장군처럼 채찍을 휘두르며 득의양양해 한다.

"너 점심 잘 먹었니?"

짜오싼은 아들에게 매우 온화해졌다. 일을 당한 후로 그는 온순해진 것 같다.

그날도 핑얼은 양의 등 위에서 재주를 부리고 있었다. 대문을 들어서는 순간 양이 미친 듯이 날뛰어서 그는 미처 양의 등에서 뛰어내리지 못했다. 그 모습은 양의 등에서 미친 짓을 하고 있는 원숭이 같아 보였다. 비가 내리는데 그를 등에 태운 양이 대문을 들어서면서 어린아이를 떠받아 넘어뜨렸다. 주인이 땔나무를 긁어모으는 갈퀴로 그를 후려쳐 양의 등에서 떨어뜨렸다. 주인은 그러고도 계속 그치지 않고 그를 때렸다. 죽은 고기 덩어리를 다지듯.

밤에 핑얼은 잠을 못 잤다. 몸을 뒤척일 수도 없었으므로 제대로 잠을 잘 수가 없었다. 짜오싼은 커다란 손으로 그를 어루만져 주었다.

"하루 종일 뛰어다니고도 푹 자지 못하니? 빨리 자거라. 일찍 일어나 일을 나가야지."

핑얼은 아빠의 따뜻하고 부드러운 손길을 접하자 억울하다는 마음이 들어 말했다.

"매를 맞았어요. 엉덩이가 아파."

아빠는 일어나서 종이 가방에서 빨간 가루약을 꺼내 그의 찢어진 상처에 발라준다.

아빠는 늙었는데 아이가 이렇게 어리다니! 짜오싼은 사는 재미가 없었다. 이튿날 펑얼은 일을 나갔으나 그만 해고되어 돌아왔다. 짜오싼이 주방에 앉아서 짚으로 닭둥우리를 짜고 있다가 말한다.

"좋아! 내일 아빠 따라 닭둥우리나 팔러 가자."

날이 새기도 전에 아빠가 아이를 깨운다.

"일어나거라. 아빠와 닭둥우리 팔러 가자."

왕씨 아주머니는 쌀밥을 손으로 꽁꽁 뭉쳐 단단한 주먹밥을 만들었다. 시내로 들어가는 아버지와 아들은 점심으로 먹으려고 그 주먹밥을 호주머니에 넣었다.

첫날은 닭둥우리를 별로 팔지 못했다. 저녁 무렵에 또다시 짊어지고 돌아왔다. 왕씨 아주머니가 쌀독을 득득 긁으며 말한다.

"내가 우리 먹을 쌀을 좀더 남기자고 말해도 당신이 굳이 팔아버리더니…… 이제 무엇을 먹지? ……무엇을 먹어?"

영감이 품속에서 동전 몇 닢을 꺼내 그녀에게 준다. 그녀가 말한다.

"오늘은 먹을 것이 있다고 해도, 내일은요?"

짜오싼이 말한다.

"내일? 그건 말하기 좋은데. 내일은 닭둥우리를 몇 개 더 팔면 먹을 것이 생기지 않겠어?"

오전 한나절에 닭둥우리 열 개가 팔렸다. 좀 큰 것 세 개만 남았다. 아버지는 손에 든 지폐를 세고 핑얼은 주먹밥을 먹는다.

"백 장이 넘는다. 우리 또우푸나오(豆腐腦)*를 먹으러 가도 되겠다."

그들은 곧 별로 멀지 않은 곳에 있는 포장마차로 가서 짐 옆에 쪼그리고 앉아 김이 모락모락 나는 또우푸나오를 먹었다. 핑얼이 먼저 먹기 시작했다. 아빠는 자기 그릇에 식초를 따른다. 핑얼은 이 음식이 대단히 신기하다. 또우화나오(豆花腦) 한 그릇이 핑얼의 작은 배를 얼마나 편안하게 해 주는지! 그는 눈동자를 굴리며 또우화나오 한 그릇을 게눈감추듯 먹어치운다.

그 또우화나오 장수가 말한다.

"애야, 한 그릇 더 먹지 그러니?"

아빠가 놀란다.

"다 먹었니?"

또우화나오 장수가 국자를 솥 속에 집어넣으며 말한다.

"한 그릇 더 주고 반 그릇 값만 받을게요."

핑얼은 아빠를 흘낏 바라보며 그릇을 내민다. 그는 후루룩후루룩 큰 소리를 내며 또우화나오를 마신다. 짜오싼은 닭둥우리가 있는 곳에서 시선을 떼지 않으며 천천히 먹고 있다. 천천히 먹었

* 간식으로 먹는 순두부 비슷한 식품. 또우화(豆花) 또는 또우화나오(豆花腦)라고도 부른다.

지만 그의 그릇도 곧 바닥을 드러냈다. 그가 말한다.

"핑얼아, 너 다 못 먹지? 나한테 좀 따라 주렴."

핑얼은 아주 조금만 아빠에게 따라준다. 돈을 치르고 아빠는 닭둥우리를 팔러 간다. 핑얼은 여전히 그 자리에 앉아 마지막 남은 국물 한 방울까지도 고개를 한껏 뒤로 제치고 쭉 들이마신다.

채소시장에서 채소를 사들고 나오던 사람이 지나가면서 닭둥우리를 쳐다본다. 짜오싼이 즉시 말한다.

"사시오. 겨우 동전 열 푼이오."

닭둥우리 세 개는 끝내 아무도 사는 사람이 없었다. 두 개는 아빠가 지고 나머지 한 개는 핑얼이 등에 졌다. 소시장을 지나다가 핑얼이 소 한 마리를 가리키며 소리친다.

"아빠, 우리 검은 소가 저기 있어요."

등에 진 커다란 닭둥우리가 흔들거리는 것도 아랑곳하지 않고 핑얼은 검은 소를 보기 위해 달려간다. 짜오싼이 웃으면서 소를 팔려는 사람에게 말을 건다.

"또 팔려구요?"

이 말을 하면서 짜오싼은 아무런 이유 없이 마음이 쓰라리는 것을 느낀다. 집에 도착하여 그가 왕씨 아주머니에게 말한다.

"방금 우리 그 소를 소시장에서 보았소."

"이제 남의 것이 됐잖아요? 말하지 말아요."

왕씨 아주머니는 하루 종일 마음이 심란하다.

짜오싼은 닭둥우리 팔기에 점점 익숙해졌다. 제법 흥정을 할 줄도 알게 되었다. 이젠 담장 아래에 앉아 호객을 할 줄도 알게 된 것이다. 또 핑얼에게 파랗고 빨간 사탕을 한두 개씩 사주기도 하였다. 좀 더 후엔 주먹밥도 가지고 다닐 필요가 없게 되었다.

그는 동전 몇 닢씩을 매일매일 왕씨 아주머니에게 건네준다. 그러나 그녀는 좋아하는 기색 없이 무심히 받아 넣곤 한다.

얼리빤이 어떤 집에 얘기하여 핑얼을 점원으로 보내려고 하였다. 아이는 이 말을 듣고 매우 화를 낸다.

"나 안 갈래. 가기가 싫다고요. 그들은 나를 때리기가 일쑤인 걸."

핑얼은 닭둥우리 팔기에 애착을 느끼고 있다.

"나는 아빠와 시내에 가는 것이 더 좋아."

왕씨 아주머니는 아이가 점원 일을 하러 가야 한다고 강력하게 주장한다. 그녀가 말한다.

"너의 아빠가 닭둥우리 파는데 니가 함께 가서 하는 일이 뭐냐?"

짜오싼이 말한다.

"됐어. 가기 싫다면 안 가는 거지 뭐."

동전 몇 닢씩 버는 일에 짜오싼은 흥분되어 있다. 한밤중에도 그는 닭둥우리를 짠다. 그는 왕씨 아주머니에게도 권한다.

"당신 마음에 안 내켜도 좀 배우지 그래? 이것도 일종의 밥벌이라구. 몇 개 더 짜면 좋잖아."

그러나 왕씨 아주머니는 여전히 그냥 잠자리에 든다. 그녀는 짜오싼이 닭둥우리를 짜는 것에 대해 불만을 품고 있는 것 같다. 그가 닭둥우리를 짜는 것을 반대하는 것 같다.

핑얼은 아버지와 생각이 같다. 그는 닭둥우리를 한 개라도 더 지고 가고 싶어 한다. 아빠가 말한다.

"그만 져라. 충분하다."

그는 한 개를 더 지고도 문을 나설 때 또 약간 작은 것을 하나 찾아서 손에 든다. 아빠가 묻는다.

"너 들고 갈 수 있겠니? 두 개는 도로 갖다 놓고 가자. 다 팔지도 못할 거야."

언젠가는 시내에서 쇠고기 한 근을 사가지고 와서 제법 저녁다운 저녁을 한 끼 먹었다.

마을의 한 부인이 왕씨 아주머니를 부러워하여 말했다.

"셋째 서방님은 정말 능력 있으시네요. 소를 팔아버려 농사를 지을 수 없게 됐지만, 농사짓는 것보다 더 벌이가 좋으시니까."

얼리빤네 대문 앞을 지나면서 핑얼은 루오취앤투이를 데리고 시내로 들어갔다. 핑얼은 아빠에게 돈을 달래서 기름에 튀긴 만두 두 개를 어린 친구에게 사준다. 또 천막을 쳐놓고 징을 치는 곳으로 가서 사람들 사이를 뚫고 들어간다. 동전 한 닢씩을 내면 서양경(西洋景)*을 볼 수 있다. 서양경은 눈 하나로 들여다볼 만한 넓이의 상감을 새겨 놓은 유리 거울을 통해 안을 보도록 되어 있는데, 그 안에 확대된 그림이 한 장씩 움직인다. 싸우는 그림, 혹은 총을 들고 있는 그림이 보이다가 재빨리 다른 모양으로 바꾸곤 한다. 그림을 돌리는 사람은 노래와 애기를 번갈아 가며 설명을 한다.

"이것은 양놈들 전쟁 그림이라구! 저것 봐. 늙은이가 성을 빼앗았군. 정말 떠들썩하군. 싸우다 죽은 사람이 몇이나 되는지 모르겠네……"

루오취앤투이가 잘 안 보인다고 소리친다. 핑얼이 그에게 말한다.

"한 쪽 눈을 감아 봐."

그러나 오래지 않아 그것도 끝났다. 떠들썩하고, 핑얼이 열렬히 사랑했던 도시는 그들을 쫓아냈다. 핑얼은 또다시 잠자는 듯한 시골 마을로 쫓겨 돌아왔다. 왜냐하면 닭이 병아리를 까기 시작하는 철이 이미 지나갔기 때문이다. 집집마다 닭둥우리를 모두 갖춘 것이다.

핑얼은 따라가고 싶지 않아 했다. 짜오싼 혼자서 시내로 들어가 값을 내려 팔았다. 그리고 좀 더 후에는 그도 가지 않았다. 주방에는 닭둥우리가 벽에 기대 높이 쌓였다. 쌓인 재고품은 전에는 짜오싼을 기쁘게 했으나 이제 그를 화나게 하는 것이 되어

* 가두(街頭) 그림자 극.

버렸다. 핑얼은 다시 양을 타고 목동 일을 하러 다닌다. 짜오싼은 좌절감을 느끼지 않을 수 없었다.

형벌의 날

집 뒤의 풀더미 위에 햇볕이 쪼여 따뜻한 김이 모락모락 솟아오른다. 넘쳐흐르는 햇빛이 온 농촌을 비춘다. 산들바람이 간간이 논에서 자라나는 벼를 어루만진다. 여름이 또 사람들의 세계로 찾아들었다. 갖가지 나무에는 새 움이 돋아나고 꽃이 피었다.

집 뒤의 풀더미 위에선 개가 새끼를 낳고 있다. 어미 개가 사지를 부르르 떨고 온몸을 뒤튼다. 꽤 오랜 시간이 지난 다음 강아지들이 태어났다.

따뜻한 계절이 돌아오자 온 마을이 갑자기 바빠졌다. 어미 돼지는 배가 하도 커서 걸어갈 때면 배가 땅에 거의 닿을 정도다. 수많은 젖통들이 잔뜩 부풀어 있다.

황혼 무렵이다. 다섯째 고모의 언니는 더 이상 미룰 수가 없었다. 그래서 시어머니의 방으로 가서 말한다.

"어머니, 산파 좀 찾아오세요. 안 좋은 것 같아요."

그리곤 자기 방으로 돌아와 이중 커튼을 다 내렸다. 그녀는 제대로 앉아 있을 수가 없게 되었다. 그녀는 자리를 말아놓고 풀짚 위에서 기기 시작한다. 애기 받는 산파가 와서 방 안을 둘러보더니 고개를 갸우뚱하며 말한다.

"나는 이런 일은 본 적이 없어요. 당신네 같은 대가 집에서 아이를 밀짚 위에서 낳으려고 하다니! 차이(chái)*가 싫어요, 차이(chái)가 싫어요 하면 부자가 될 수 없잖아요?"**

시어머니가 자리 밑에 깔았던 땔감용 밀짚을 모두 걷어냈다. 흙바닥에서 먼지가 일었다. 벌거벗은 여인은 물고기처럼 그 흙바닥 위에서 긴다.

해가 진 다음 방 안에 촛불이 켜졌다. 여인은 곧 아기를 낳으려 하고 있다. 그녀는 작은 목소리로 한동안 부르짖는다. 산파와 이웃집 노부인이 그녀를 받쳐 주며 그녀로 하여금 일어나 앉아 방바닥 위를 조금씩 움직이게 한다. 그러나 죄 많은 아이는 끝내 세상에 나오지 못했다. 한밤중까지 시끄럽다가 닭 울음이 들릴 즈음 여인이 갑자기 고통스러워하더니 얼굴이 회색빛으로 변했다. 그러다가 노랗게 됐다. 온 집안사람들이 안정을 잃었다. 그녀를 위한 수의를 준비하기 시작했다. 촛불 아래에서 여기저기 옷

---

* 시(紫 : 땔감)의 중국어음. 밀짚이 땔감으로 쓰이므로 이 소설에서는 이 방에 깔려 있는 밀짚을 가리켜 한 말이다.
** 부자가 된다는 말을 중국어로 파차이(fā cái, 發財)라 하는데 차이(cái, 財)의 발음이 차이(chái) 비슷한 것을 빌미로 하여 만들어진 일종의 징크스임.

을 뒤적거리며 온 집안사람들은 검은 죽음의 그림자가 다가오는 공포에 몸을 떨었다.

벌거벗은 여인은 조금도 움직이지 못한다. 그녀는 살기 위한 최후의 발버둥조차 다시 한 번 치지 못한다. 날이 밝았다. 공포로 인하여 그녀는 뻣뻣하게 굳은 시체처럼 방 안에 길게 뻗어 있다.

다섯째 고모가 언니의 소식을 듣고 달려왔다.

"물 한 모금도 안 마셔요? 언니가 언제부터?"라고 묻는 순간, 한 남자가 뛰어 들어온다. 그 모습은 술주정뱅이 같다. 그의 옆얼굴은 빨갛게 부어올라 있다. 그가 커튼 있는 곳으로 걸어가 큰 소리로 외친다.

"빨리 내 신발 내놔."

여인은 대답을 할 수가 없다. 그는 손으로 커튼을 찢으면서 두툼한 입술을 움직여 말한다.

"죽은 척 하니? 죽은 체하는 건지 아닌지 봐야겠다."

그렇게 말하면서 그는 옆에 있던 기다란 담뱃대를 들어 시체나 다름없는 아내를 향해 던진다. 어머니가 들어와 그를 끌고 나갔다. 해마다 이랬다. 아내가 아이를 낳는 것만 보면 그는 이렇게 야단을 떨곤 하였다.

낮에는 고통이 덜해져 그녀의 의식이 맑아졌다. 그녀는 땀을 뻘뻘 흘리며 커튼을 친 방 속에 앉아 있다. 갑자기 그 빨간 얼굴의 귀신같은 사나이가 또다시 뛰어 들어와 아무 말도 하지 않고,

그 무서운 손으로 커다란 물 대야를 들어 커튼을 향해 내던진다. 사람들이 그를 끌고 나간다.

배가 몹시 크게 부른 여인은 찬물을 뒤집어 쓴 채 아무 말도 하지 않고 그대로 앉아 있다. 그녀는 거의 꼼짝도 하지 못했다. 그녀는 마치 엄한 아버지를 두려워하는 아이처럼 자기의 남편을 무서워한다.

그녀는 더 이상 앉아 있을 수가 없다. 창자를 끊는 듯한 심한 통증을 느낀다. 산파가 물에 젖은 웃옷을 갈아입혔다. 문소리가 들리자 그녀는 또 깜짝 놀란다. 신경쇠약에 걸린 것 같다. 그녀는 찍 소리도 못 낸다. 그녀는 죄를 지은 듯, 옆에 구멍이 있으면 그 구멍 속으로 들어가고 싶고, 독약이 있으면 그 독약을 삼키고 싶다. 그녀는 모든 것이 원수처럼 생각된다. 창틀이 그의 발길에 차여 뒤집혀 있다. 그녀는 자기 다리를 부러뜨리고 싶다. 김이 모락모락 솟아오르는 열탕 속에 들어간 것처럼 온몸이 뜨거운 열기로 산산이 부서지는 느낌이다.

산파가 손으로 그녀의 배를 쓰다듬으며 말한다.

"조금만 용기를 내봐. 일어나서 걸어보면 아기가 금방 나올 거야. 이제 때가 됐어."

그녀는 한동안 걸었다. 그녀의 다리가 가련하게 떨렸다. 그러다가 병든 말처럼 풀썩 쓰러진다. 산파가 실망의 빛을 띠며 말한다.

"사단이 날까 두렵네. 노부인 한 분을 더 모셔 와요."

다섯째 고모가 집으로 어머니를 모시러 갔다.

그러나 아기는 사산이 되고 말았다. 아기는 태어나는 순간에 죽었다. 산파가 산모를 안아 일으켜 세우다가 아기를 흙바닥으로 떨어뜨렸던 것이다. 마치 무슨 물건이 방바닥으로 떨어지는 것 같은 소리가 났다. 여인은 피 속에 가로 누워 있었다. 몸은 온통 피범벅이었다.

창밖의 햇빛이 창을 가득 비추고 있는데 방 안엔 출산으로 지친 여인이 창백한 모습으로 널브러져 있었다.

녹색의 들판에는 사람들이 땀을 방울방울 흘리며 일을 하고 있다.

4월엔 참새들도 새끼를 낳는다. 이따금 노란 주둥이의 아기 참새들이 날아 내려와 처마 밑에서 팔짝팔짝 뛰며 먹이를 쪼고 있는 모습이 보인다. 새끼 돼지들은 점점 통통해졌다. 이 여름에 여자만 농사 일로 지친 말처럼 더욱 가련하게 수척해진다.

형벌은 이제 찐즈에게 내리려 하고 있다. 작달막한 그녀의 키에 그처럼 커다란 배는 정말이지 어울리지가 않는다. 찐즈는 아직도 부인 같아 보이지는 않는다. 아직도 어린 계집애 같다. 그러나 배가 부르기 시작하였다. 곧 엄마가 되려는 것이다! 여인네들만 겪는 형벌이 곧 그녀에게 내려지려 하고 있다.

그녀는 시집간 지 아직 넉 달도 채 안 되는데 벌써 남편을 저주하고 있다. 차츰차츰 남자들이란 지독히 냉정한 사람들이라고 생각하게 되었다. 그것은 다른 사람들과 똑같았다.

강가의 모래밭에 앉아 찐즈는 옷을 빨고 있다. 황혼의 붉은 태양이 물을 비추고 있고 건너편 숲 그림자가 붉은 물결 때문에 흐려 보인다. 청예가 뒤쪽 후미진 먼 곳에서 소리친다.

"날이 어두워졌어. 그런데도 옷을 빨구 있나? 이 게으른 여자야. 낮에는 무엇을 했길래?"

날은 아직 새지 않았지만 찐즈는 더듬더듬 옷을 주워 입는다. 이 배불뚝이 어린 여인은 주방으로 가서 불을 때기 시작한다. 해가 떴다. 밭을 파던 일꾼들이 괭이를 메고 돌아왔다. 집 안이 까만 머리 사람들로 가득 찼다. 밥을 먹는 소리, 국을 마시는 소리 등으로 집안이 왁자지껄하다.

점심에도 밥을 짓고, 저녁에도 밥을 지었다. 찐즈는 몹시 피곤하다. 다리가 끊기는 것처럼 아프다. 어두워진 뒤 누워서 잠시 어렴풋이 잠이 들었다가 그녀는 벌떡 일어났다. 청예가 돌아온 것을 눈치 챈 것이다. 그녀가 애써 눈을 뜨며 묻는다.

"이제야 왔어요?"

몇 분이나 지났지만 그녀는 대답을 듣지 못한다. 남편은 옷만 벗고 있다. 그녀는 또 욕을 얻어먹겠구나 하고 생각한다. 그런데 반대로 남편은 욕을 하지 않는다. 찐즈는 등 뒤로 따뜻한 열기를 느꼈다. 남자가 애써 낮은 목소리로 그녀에게 속삭인다.

"흐응……."

찐즈는 남자로 인해 몽롱해졌다.

즉시 재난처럼, 쾌락을 따라 고통이 뒤쫓아 왔다. 찐즈는 밥을 지을 수가 없었다. 마을의 산파가 불려왔다.

그녀는 방구석에서 고통의 빛을 띠고 있다. 그녀는 거기서 형벌을 받고 있다. 왕씨 아주머니도 아이 낳는 일을 돕기 위하여 불려왔다. 왕씨 아주머니는 자기의 많은 경험에 비추어 고개를 설레설레 흔들었다.

"위험해. 간밤에 너희들 틀림없이 조심하지 않았던 것이지? 젊어서 아무 것도 모르거든. 배가 불러지면 그러면 안 되는데……. 목숨을 잃기가 쉽단 말이야."

열흘 이상 지나서야 찐즈는 다시 마당 안을 걸어 다닐 수 있게 되었다. 찐즈의 아기가 방에서 울며 그녀를 부르고 있다.

소나 말들도 사람들이 모르는 사이에 자기들의 고통을 재배하느라 바쁘다. 밤이 되어 서늘해질 무렵이면 마구간이나 외양간에서 이상한 소리가 들렸다. 황소는 아마 마누라를 찾느라 그랬겠지만 뿔로 문을 떠받고 외양간을 뛰쳐나왔다. 나무기둥이 떠받쳐 넘어졌다. 소는 미친 듯 날뛰었다. 청예는 갈퀴를 찾다가 미친 소를 힘껏 내리쳤다. 그제야 별 탈 없이 외양간 안으로 몰아넣을 수 있었다.

농촌에서는 사람과 동물이 다같이 새끼를 낳기에 바쁘고 죽느라 바쁘다.

얼리빤의 마누라는 밭 끝머리에서 이씨네 둘째 형수를 만났다.

"아이구. 자네는 그래도 허리를 굽힐 수 있구만."

"아주머니는 어때요?"

"나는 절대로 안 된다구."

"아주머니는 언제부터 그래요?"

"바로 요 며칠 사이야."

밖에는 가랑비가 내리고 있다. 갑자기 얼리빤의 집에서 울부짖는 소리가 들린다. 얼간이 여편네는 아이를 날 때마다 시끄럽게 소리를 지르곤 한다. 그녀는 큰 소리로 울고불고 하며 남편을 원망했다.

"다시는 아이를 원치 않는다고 말했는데. 쓸개 빠진 놈 같으니라구! 이게 모두 당신 때문이잖아. 내가 죽으면 당신 탓이야!"

이 법석을 보며 왕씨 아주머니가 몸을 굽히고 소리 없이 웃는다. 얼간이 여편네는 잠시 후 또다시 데굴데굴 구르며 큰 소리로 부르짖는다.

"배가 아파 죽겠어! 칼로 빨리 내 배를 갈라줘."

소리를 지르는 동안 아기의 둥글둥글한 머리가 보인다.

이때 다섯째 고모가 얼굴이 새파랗게 질려가지고 문으로 뛰어

들어왔다. 그녀는 말을 할 줄 모르는 것 같이 두 손만 끊임없이 비벼댄다.

"기운이 없대요! 조산(早産)기가 있다구요! 이씨네 둘째 형수가 죽어가요."

왕씨 아주머니가 곰보 아줌마를 버려두고 곧바로 어촌으로 달려간다. 다른 산파가 달려왔을 때 곰보 아줌마의 아기는 이미 흙바닥에서 울고 있었다. 산파가 이제 막 울기 시작한 아기를 씻겼다.

왕씨 아주머니는 돌아오는 길에 창밖의 벽 밑에 누구네 것인지는 몰라도 돼지 한 마리가 새끼를 낳고 있는 모습을 보았다.

죄악의 계절

단옷날이 가까워 질 무렵, 두 가지 사건이 일어났다. 왕씨 아주머니가 독약을 먹었고, 찐즈의 아기가 참사를 당한 것이다.

초승달이 굽은 칼처럼 숲 위를 찌르고 있던 밤이었다. 왕씨 아주머니가 머리를 풀어 산발을 하고 집 뒤의 나무헛간으로 걸어가서 사립문을 살짝 연다. 나무 헛간 밖은 칠흑처럼 깜깜하다. 달콤한 고요의 바다다. 미풍도 이 어두운 밤을 감히 건드리지 못하고 있다. 오이 덩굴이 받침목을 감고 올라가 있다. 옥수수 넓은 잎들이 부딪는 소리가 나고 있다. 개구리 울음소리도 들리지 않는다. 벌레소리도 별로 들리지 않는다.

왕씨 아주머니는 유령처럼 머리를 풀어 산발하고, 마른 밀짚더미 위에 무릎을 꿇고 앉아 손에 든 컵을 기울여 입안에 부어 넣는다. 온갖 생각이 다 마음속에 떠오른다. 온갖 생각이 그녀를 유

혹한다. 그녀는 몸을 쭉 뻗고 마른 밀짚더미 위에 누웠다. 슬픔이 온몸에 파고든다. 그녀는 엉엉 울음을 터뜨린다.

짜오싼이 잠자리에서 일어났다. 그는 아무 것도 알 수가 없었다. 나무 헛간으로 들어가 치미는 화를 애써 감추고 왕씨 아주머니에게 묻는다.

"왜 그래? 왜 이 지랄이야?"

그는 그녀가 답답하여 나무 헛간에 들어가 우는 것이라고 생각한다. 그러나 밀짚더미 위에 있는 컵이 발에 걸리는 순간 온갖 생각이 딱 멈췄다. 그는 컵을 집어 들고 방 안으로 달려갔다. 불 밑에서 보니 검고 진한 액체가 컵 밑바닥에 남아 있다. 그는 먼저 손가락으로 그것을 찍어 혀끝에 갖다 대 보았다. 맛이 쓰다.

"왕씨 아주머니가 독약을 먹었대."

다음날 아침 마을에는 이런 소문이 쫙 퍼졌다. 마을 사람들은 조용조용 하나 둘씩 그녀를 보러왔다.

짜오싼은 집에 없다. 그는 그녀를 묻을 자리를 알아보러 공동묘지로 달려간 것이다.

공동묘지에서는 살아 있는 사람들이 죽은 사람을 위한 구덩이를 파고 있다. 구덩이가 좀 깊어지자 얼리빤이 먼저 뛰어 들어간다. 밑바닥에 있는 젖은 흙을 파서 구덩이 옆으로 퍼올린다. 구덩이가 더 깊어지고 더 커졌다. 여러 사람들이 모두 뛰어 들어간다. 삽으로 끊임없이 파낸다. 구덩이가 사람들의 허리까지 닿을 만큼 깊어졌다. 구덩이 밖에 쌓아 놓은 흙더미가 사람들의 머리 높이보다 더 높다.

무덤은 죽음의 성곽이다. 꽃향기도 없고 벌레들의 울음소리도 없다. 설령 꽃도 있고 벌레가 있다 할지라도 그것들은 모두 이별가를 연주할 뿐이다. 말을 못하는 죽은 이의 영원한 적막을 동반하고 있을 따름인 것이다.

공동묘지는 지주가 가난하고 어렵게 사는 농민들에게 기부한 사후의 주택이다. 그러나 살아 있는 농민들은 지주들에 의해 자주 쫓겨나곤 한다. 그들은 보따리를 들고 아이들의 손을 잡고 다찌그러진 집에서 더더욱 낡은 집으로 쫓겨나곤 한다. 어떤 경우엔 마구간으로 쫓겨나기도 한다. 아이들은 마구간에서 엄마에게 떼를 쓰곤 한다.

짜오싼은 시내로 들어갔다. 갑작스러운 사건은 그에게 대단한 충격을 주었다. 그는 얼마나 약해졌는지! 채소를 팔러 시내로 수레를 끌고 가는 어촌 사람을 만났다. 채소 수레 주인이 귀찮게 수다를 늘어놓는다.

"채소 값이 떨어졌어. 돈이 씨가 말랐어. 곡식도 값이 안 나가고!"

수레 주인은 채찍을 휘두르며 또 말한다.

"옷감과 소금만 비싸. 이젠 소금조차 못 먹을 것 같아. 토지세도 올라가고 이래가지고서야 어디 농사꾼들이 살아갈 수 있겠어?"

짜오싼은 수레 위로 뛰어올라 고개를 푹 숙이고 뒤쪽 귀퉁이에 앉는다. 쇠약한 두 개의 다리가 처량하게 축 늘어져 흔들린다. 수레바퀴가 덜커덩덜커덩 소리를 낸다.

시내의 한길은 붐볐다. 채소시장도 매우 북적이고 떠들썩하다. 고깃간을 에워싼 사람들은 마치 싸우다시피 한다. 어지러울 만큼 시끄러운 소리를 지르며 호객꾼 아이가 손에 알록달록한 조롱박을 들고 공중을 향해 마구 흔들어댄다. 그들은 마치 단오절 때문에 미친 듯하다.

짜오싼은 아무 것도 보지 못한다. 마치 거리에 있는 사람들이 없기라도 한 것처럼. 마치 길이 텅 빈 것처럼. 한 아이가 그의 뒤를 따르며 말한다.

"명절이에요. 사다가 아이들에게 가지고 놀게 주세요."

짜오싼은 그 말을 들었다. 그 조롱박을 파는 아이는 마치 자기는 어린 애가 아니고 다 큰 어른이기라도 한 것처럼 계속 따라오며 말한다.

"명절이에요. 사가지고 가서 애들 갖고 놀게 주세요."

버드나무에 매단 갖가지 모양의 알록달록한 조롱박들이 마치 붙잡혀 매달린 나비들처럼 짜오싼을 바짝 뒤따르며 뛴다.

관을 파는 가게가 보인다. 붉은색, 흰색 등 제법 여러 개의 관이 문 앞에 배열되어 있다. 그는 거기에 멈춰 선다. 아이도 뒤따라오다가 멈춰 선다.

모든 것이 다 준비되었다. 문 앞에 관이 놓여 있고, 무덤을 파던 삽질도 멈췄다.

창문을 열고 죽어가는 이에게 최후의 햇빛을 보여 준다. 왕씨 아주머니의 불룩 솟아오른 가슴은 아직도 미미하게 숨을 쉬고 있다. 밝은 빛줄기가 그녀의 희고 깨끗하게 화장한 얼굴을 비춘다. 그녀는 이미 검은 면바지와 옅은 빛깔의 홑저고리로 갈아입혀져 있다. 얼굴이 보랏빛으로 변한 것 외에는 죽음을 맞이한 그녀의 모습에 아무런 변화도 보이지 않는다. 사람들이 큰 소리로 외친다.

"들어 올려! 그녀를 들어 올리라구!"

그녀는 미미하나마 아직도 숨을 쉬고 있다. 토해낸 하얀 거품이 입가 여기저기에 묻어 있다. 그녀가 떠메어 올려졌다. 밖에서 핑얼이 외치는 소리가 들린다.

"풍씨 계집애가 왔어! 풍씨 계집애가!"

모녀의 상봉은 너무 늦었다. 모녀는 영원히 다시는 못 만날 것이다. 계집애는 손에 작은 보따리를 들고 천천히 어머니 앞으로 걸어간다. 그녀는 엄마를 자세히 뜯어보다가 엄마의 얼굴에 자기 얼굴을 비비며 날카롭고 찢어지는 듯한 비명을 지른다. 그녀의 작은 보따리가 데굴데굴 굴러 땅에 떨어진다.

사방에서 보고 있던 모든 사람들의 콧잔등이 시큰해지고 눈에 눈물이 맺힌다. 그 누가 이 어린 계집애의 울부짖음을 듣고도 울지 않을 수 있을까? 아무 상관없는 사람들도 계집애와 함께 그녀 어머니의 죽음을 애통해 하며 울었다.

그 중에서도 남편을 막 여읜 과부가 가장 심하게 운다. 그리고 가장 슬프게 운다. 그녀는 거의 자기 남편의 죽음을 서러워하는 것처럼 운다. 마치 자기 남편 무덤 앞에 앉아 있는 것으로 착각한 것 같다.

남자들이 외친다.

"들어 올려. 들어 올려야 해. 제대로 다 끝낸 다음에 울어라!"

그 여자애는 새삼 여기는 자기 집이 아니고, 곁에 친한 사람도 없다는 사실을 깨닫고 울음을 그친다.

독약을 먹은 어머니는 시종 눈을 뜨고 있다. 그러나 그녀는 딸을 알아보지 못한다. 그녀는 아무 것도 알아볼 수 없다. 부엌에 있는 판자 위에 눕혀져, 입에 하얀 거품을 물고 있지만 그녀의 가슴은 아직도 조금씩 뛰고 있다.

짜오싼은 온돌 가장자리에 앉아 담뱃대에 불을 붙인다. 여자들이 흰 천을 찾아내 계집애의 머리에 씌우고 허리끈을 만들어 핑얼의 허리에 매줬다.

짜오싼이 방을 나가다 보니 여인들이 그 여자애에게 묻기 시작한다.

"네 풍씨(馮氏) 아빠는 언제 돌아가셨니?"

"돌아가신지 이 년이 넘었어요."

"너의 친아빠는?"

"일찌감치 산둥(山東)으로 돌아갔어요."

"왜 너희들을 안 데리고 가셨지?"

"아빠가 엄마를 때렸었어요. 엄마는 나와 오빠를 데리고 풍씨 아저씨네로 시집갔구요."

여인들은 왕씨 아주머니의 지난날의 생활을 캐묻고 그녀의 기구한 팔자를 동정했다. 그 과부가 또 말한다.

"네 오빠는 왜 안 왔니? 집으로 돌아가 마지막으로 엄마를 볼 수 있도록 오빠를 데려와라."

흰 천을 머리에 쓴 계집애는 고개를 벽으로 돌린다. 조그만 얼굴에 또 눈물이 흐른다. 그녀는 힘써 입술을 깨문다. 작은 입술이 그래도 굳이 열리려고 안간힘을 쓴다. 그녀는 이제 입을 벌리고 울었다. 여자들의 따뜻한 인정 때문에 좀 대담해진 것이다. 엄마 곁으로 걸어가 엄마의 얼음장 같은 손가락을 꼭 누르고 손으로 엄마의 입술에 묻어 있는 거품을 닦아 준다. 작은 심장이 아직도 엄마 때문에 놀라 팔딱거린다. 그리고 잘못하여 자기 보따리를 밟는다. 여자들이 또 말한다.

"집으로 가서 오빠를 데려 와라. 엄마를 보도록."

오빠 애기를 듣자 여자애는 또 울음보를 터뜨린다. 그러다가 다시 간신히 그친다. 그 과부가 또 묻는다.

"네 오빠가 집에 없니?"

그 애는 마침내 머리에 썼던 흰 천으로 얼굴을 가리고 엉엉 울기 시작한다. 그 애는 울음보를 다 터뜨리고 나서야 비로소 오빠에 대해서 입을 뗀다.

"오빠는 그저께 죽었어요. 관청에서 잡아다가 총살했어요."

그 애의 머리에서 머리에 썼던 흰 천이 떨어진다. 고독한 아이는 뇌질환 환자처럼 머리를 엄마의 가슴에 파묻고 흔들며 운다.

"엄마……. 엄마……."

그 애는 이제 다시는 어떤 경우에도 울지 않을 것이다. 아직도 어리지만!

여자들이 서로서로 수군거렸다.

"오라비가 언제 죽었대? 우리는 어째 그 소문을 못 들었지?"

짜오싼의 담뱃대가 문 앞에 나타났다. 그는 여자들이 왕씨 아주머니의 아들 얘기를 하고 있는 것을 똑똑히 들었다. 짜오싼은 그 녀석이 붉은 수염(紅鬍子)*이라는 것을 알고 있었다. 어떻게 죽었을까? 왕씨 아주머니는 아들이 총살당했다는 소식을 듣고 약을 먹고 자살한 것이 아닐까? 이것은 짜오싼만이 알 수 있는 일이다. 그는 마누라의 자살이 모종의 토비(土匪) 사건에 연루되었다는 사실이 사람들에게 알려지는 것을 원치 않았다. 그는 왠지 토비는 떳떳하지 못하다고 생각하였다.

---

* 중국 동부지방의 마적(馬賊) · 강도 조직의 명칭.

담뱃대를 흔들어 여자애를 몰아내며 뻣뻣하고 텅 빈 목소리로 소리쳤다.

"너는 가는 게 좋겠다. 엄마는 이미 죽었다. 뭐 볼 것도 없잖아? 빨리 네 집으로 돌아가거라."

소녀는 아빠에게 버림받고, 게다가 오빠까지 총살당하고 해서 보따리를 싸들고 엄마와 같이 살려고 왔던 것이다. 그런데 엄마마저 죽어버렸으니 누구와 살란 말인가?

그녀는 아찔하여 보따리를 가지고 가는 것을 잊고, 머리에 하얀 헝겊을 쓴 채 엄마 집을 떠나갔다. 엄마의 집을 떠나는 그녀는 마음을 빼앗긴 채 멀리 쫓겨나는 것과 약간 비슷했다.

짜오싼의 나이가 많기 때문일 것이다. 그는 마음속으로 그 젊은이의 사건에 대한 해명을 짜맞췄다.

"유부녀와 간통을 하려면 돈이 있어야 할 수 있지, 돈 없으면 어찌 할 수 있나? 돈 없이 간통한 경우는 못 보았구먼! 명절이 가까워 오는데 그 음란한 여자가 명절을 쇨 돈이 없으니까 그로 하여금 도둑질을 하게 한 거야. 젊은이는 바로 이리하여 목숨을 잃은 거지."

죽은 자기 마누라를 바라보자 그는 그 총살당한 새끼가 지독하게 원망스러웠다. 그러나 작년 겨울 왕씨 아주머니가 낡은 양총을 빌려 왔던 일을 생각하니, 한편으로는 젊은이에 대한 존경심도 생긴다.

"참 오랫동안 토비 짓을 했구먼! 사람들한테 멸시는 안 받을 거야!"

여자들이 불을 지폈다. 솥에서 점점 김이 난다. 짜오싼은 담뱃대를 문지르며 왔다갔다 서성거린다. 잠시 후 그는 왕씨 아주머니가 아직도 숨이 끊어지지 않은 채 여전히 조금씩 숨을 쉬고 있는 것을 본다. 그는 마치 그녀의 죽음을 기다리는 게 지겨워 화가 치미는 것 같다. 그는 졸리고 피곤하다. 벽에 기대어 꾸벅꾸벅 졸기 시작한다.

죽음의 공포가 오랫동안 지속되자 사람들은 오히려 공포를 느끼지 않게 되었다. 사람들은 함께 모여 밥을 먹고 술을 마신다. 이때 왕씨 아주머니가 방바닥에서 소리를 냈다.

짙은 보랏빛이던 그녀의 얼굴이 엷은 보랏빛으로 변한 것 같다. 사람들은 술잔을 놓고 그녀가 다시 살아나는 게 아니냐고들 수런거린다.

그렇지는 않았다. 갑자기 그녀의 입에서 검은 피가 쏟아져 나왔다. 그녀의 입술이 달싹달싹 움직이는 것 같다. 마침내 그녀가 큰 소리로 말을 두 마디 외친다. 사람들은 눈도 깜빡이지 않고 숨이 끊어지려는 그녀의 모습을 지켜보고 있다.

많은 시선들이 그녀를 에워싸고 있는 가운데 그녀가 일어나려는 것처럼 움직인다. 사람들은 깜짝 놀란다. 여인네들은 창밖으로 도망가고, 남자들은 달려가 물지게 메는 막대기를 가지고 들어왔다. 그녀의 죽은 주검에 혼이 다시 돌아왔다고 말하며.

술을 마신 짜오싼은 용감해졌다.

"일어나게 놔두면 이 여자는 어린아이를 끌어안고 죽을지도 몰라. 아니면 나무를 끌어안거나. 그녀는 어른도 꼼짝달싹 못하게 끌어안을 만큼 힘이 세다고"

짜오싼이 크고 붉은 두 손으로 물지게 메는 막대기를 꽉 움켜쥐고 왕씨 아주머니를 내리누른다. 튼튼한 칼로 허리를 자르듯이 왕씨 아주머니의 허리를 내리눌렀다. 그녀의 배와 가슴이 물고기 부레 같이 갑자기 부풀어 오른다. 그녀의 동공이 크게 확대되었다. 번갯불이 번쩍이는 것 같다. 그녀의 검게 변한 입 귀퉁이가 움직인다. 마치 말을 하는 것처럼. 그러나 말은 하지 못한다. 피가 입안에서 뿜어져 나와 짜오싼의 홑적삼에 잔뜩 뿌려진다.

짜오싼이 옆에 있는 사람에게 명령한다.

"어서 좀 살짝 눌러 줘. 온몸에 피가 잔뜩 묻었어."

왕씨 아주머니는 이제 전혀 숨을 안 쉬는 것 같다. 그녀는 문 앞에 놓여 있는 관 속에 넣어진다.

집 뒤에 있는 사당 앞에서, 잠시 쉬러 돌아갈 집이 이 마을에 없는 타동네 노인 두 사람이 한 사람은 붉은 등불을 들고, 한 사람은 물병을 들고 핑얼을 데리고 사당에 제를 올리고 있다. 그들은 사당을 세 바퀴나 돌고 작은 길을 걸어 돌아왔다. 노인들이 구성진 가락으로 주문을 중얼거린다. 붉은 등이 아이의 머리에 씌워져 있는 흰 천을 비춰 붉게 보인다. 두 노인도 집으로 돌아갔다. 핑얼은 조금도 울지 않았다. 그는 다만 자기 엄마가 죽었던 그 해에도 이렇게 사당에 제를 올렸었다는 기억을 되새기고 있을 뿐이다.

그러나 왕씨 아주머니의 딸은 돌아오지 못했다.

왕씨 아주머니의 사망 소식이 온 마을에 퍼졌다. 여인들은 관 옆에 앉아 대성통곡을 한다. 콧물을 닦아가며, 기침을 쿨룩거리며. 아이를 잃은 슬픔으로 우는 사람도 있고, 남편을 잃어 우는 사람도 있고, 자기 신세가 고달파 우는 사람도 있다. 아무튼 무슨 일이든 억울한 일을 당한 사람들은 모두 여기 와서 풀고 있는 것 같다. 마을에 나이 많은 사람이 죽으면 여인네들은 늘 이렇게 한다.

관을 무덤에 갖다 묻으려면 관 뚜껑에 못을 박아야 한다.

그러나 왕씨 아주머니는 결국 죽지 않았다. 그녀는 추위를 느낀다. 갈증도 느낀다. 작은 목소리로 그녀가 말한다.

"물 좀 줘요"

그러나 그녀는 자기가 어디서 잠을 자고 있는지 알지 못했다.

단옷날이다. 집집마다 문에 조롱박을 달았다. 얼리빤의 그 어리버리한 여편네는 방 안에서 애기가 울고 있는데도 문 앞에 꿇어 앉아 말 털 빗기는 빗으로 염소 털을 빗기고 있다.

얼리빤이 절룩거리며 걸어가고 있다. 명절이 그에게 가져다 준 느낌은 대단히 유쾌하였다. 그는 배추밭에서 벌레에게 먹혀 쓰러진 배추 몇 포기를 보았다. 보통 때 같으면 그는 벌레들을 저주하는 욕설을 하거나 그렇지 않으면 화가 나서 발로 배추를 걷어찼을 것이다. 그러나 오늘은 명절이라 눈에 띄는 모든 것이 유쾌했다. 그는 자기가 유쾌해야 된다고 생각한다. 밭둑을 거닐면서 그는 감이 아직 붉지 않았는지 살펴본다. 그는 감을 몇 개 따다가 아이에게 먹여야겠다고 생각한다. 오늘은 명절이니까.

온 마을에 명절다운 경축 분위기가 넘쳐흐른다. 채소밭이나 밀밭이나 그 어떤 곳이나 모두 조용하고 감미롭다. 벌레들도 평일보다 노래를 더 잘하는 것 같다.

명절 분위기가 얼리빤의 영혼 전체를 물들였다. 그는 자기 집 앞을 지나가면서 집 안으로 들어가지는 않았다. 감만 아이에게 던져 주고 그냥 지나갔다. 그는 이 유쾌한 날을 틈타 친구들을 만나려 한다.

왼쪽 이웃집 문에 종이박이 걸려 있다. 그는 왕씨 아주머니 집을 지나쳤다. 그 집 문에 녹색의 조롱박이 걸려 있다. 앞으로 더 걸어가면 바로 찐즈네 집이다. 찐즈네 집 문에는 조롱박도 걸려 있지 않고, 안에 사람도 없었다. 얼리빤은 한참 동안 이리저리 살펴본다. 아기의 기저귀가 부엌 아궁이 옆에 널려 있다. 바람에 팔랑팔랑 팔랑이고 있다.

찐즈의 아기는 세상에 태어난 지 한 달여 만에 남편의 실수로 땅에 떨어져 죽었다. 갓난아기는 무엇 때문에 이 험한 인간 세상에 왔을까? 무엇이 그 아기로 하여금 원한을 품고 돌아가게 했을까? 며칠 동안의 생명을 위해 아기는 그토록 아픈 고통을 견뎌야만 했던가?

어리디어린 아기가 수많은 주검들 사이에서 잠을 자자니 얼마나 무서울까? 엄마는 멀리 가버렸나? 엄마의 울음소리도 안 들린다.

날이 어두워졌다. 그러나 아기에게 벗해 줄 달도 뜨지 않았다.

단오 며칠 전 어느 날이었다. 청예는 줄곧 시내로 들락날락거리다가 집에 돌아오면 아내와 싸움을 했다. 그는 말했다.

"쌀값이 내렸어. 3월에 사들인 쌀을 지금 내면 본전의 반밖에 안 돼. 팔아 보았자 빚 갚기에도 부족하고, 안 팔자니 어떻게 명절을 쇠나?"

그리고 그는 점점 더 아기를 사랑하지 않게 되었다. 아기가 밤에 시끄럽게 울어 깨게 되면 그는 소리쳤다.

"죽도록 울어라. 시끄러워 죽겠네!"

단오 전날 그의 집에서는 아무 것도 장만을 하지 않았다. 밀가루 한 근도 없었다. 밥을 지을 때 콩기름 통을 기울여 보았으나 기름 한 방울 흘러나오지 않았다.

청예가 집에 돌아와 보니 아직도 반찬을 만드는 모습이 안 보였다. 그는 노기를 띠고 버럭 소리를 질렀다.

"아! 나 같은 놈은…… 굶어 죽는 게 마땅해! 밥도 못 먹다니
……. 나는 시내로 갈 테야……. 시내로 갈 테야."

아기는 찐즈의 품속에서 젖을 먹고 있었다. 그가 또 말했다.

"내게도 좋은 세월이 있을까? 너희들이 나를 피곤하게 한단 말
이야. 강도짓이라도 하려고 해도 기회가 없고."

찐즈는 고개를 숙이고 밥상을 차렸다. 곁에서 아기가 울었다.

청예는 상 위의 소금절이 채소와 죽을 보고 잠시 생각하다가
또 멈추지 않고 말하기 시작한다.

"울어라! 집안 망해 먹을 놈! 나는 너를 팔아서 빚을 갚겠다."

아기는 여전히 울고 있었다. 엄마는 부엌에 있었다. 바닥을 쓸
고 있었는지 아니면 땔감을 정리하고 있는지 알 수가 없지만. 아
빠는 약이 바싹 올랐다.

"너희들을 한꺼번에 팔아 버리겠어. 이렇게 집안을 시끄럽게
하는 귀신 같은 것들을 위해 봤자 무슨 소용이 있겠어……."

부엌에 있던 엄마는 성냥불처럼 불이 붙었다.

"그러는 너는 어떤데? 돌아오자마자 시끄럽게 굴어. 나는 네
원수가 아니야. 팔 테면 팔아 봐!"

아빠가 밥그릇을 집어 던졌다. 엄마는 펄쩍펄쩍 뛰었다.

"팔 테야. 요 녀석을 떨어뜨려 죽여 버릴 테다! ……팔기는 뭘
팔아!"

이렇게 해서 작은 생명이 끊긴 것이다.

왕씨 아주머니는 찐즈의 아기가 죽었다는 말을 듣고 찾아가려 했다. 그러나 그녀는 지팡이를 짚고 간신히 일어났다가 금방 넘어져버렸다. 다리뼈에 스며든 독으로 인해 그녀는 아직 걸을 수가 없었다.

젊은 엄마는 사흘 후 공동묘지로 아기를 보러갔다. 그러나 어디서 뭘 볼 수 있단 말인가? 개가 찢어 먹어버려 아무 것도 없었다.

청예, 그는 핏물이 스며든 짚단 한 무더기를 보았다. 그는 아기를 묶었던 짚단일 것이라고 생각했다. 그들 두 사람은 등을 맞대고 눈물을 흘렸다.

공동묘지에는 얼마나 많은 비통한 눈물이 흘렀는지 모른다. 영원히 비통한 이곳에는 까마귀 한 마리도 앉지 않았다.

청예는 근처에 있는 무덤구덩이에서 또다시 햇빛에 반짝이는 두개골을 보았다.

무덤을 나올 때, 관들과 무덤들로 인한 죽음의 고요가 주는 섬뜩함 때문에 그들은 돌아오는 발길을 재촉했다.

바쁜 모기

그녀의 딸이 왔다. 왕씨 아주머니의 딸이 온 것이다.

왕씨 아주머니는 낚싯대를 들고 물가에 앉아 고기를 낚을 수 있게 되었다. 그녀 얼굴의 주름살은 늘지도 않고 줄지도 않았다. 이것은 그녀에게 아무런 변동이 없음을 증명해 주는 셈이다. 그녀는 반드시 살아나야만 했다.

밤이면 물가의 개구리 울음소리가 귀를 시끄럽게 한다. 모기들이 물가의 풀숲으로부터 "윙윙" 소리를 내며 줄지어 시끄럽게 날아와 이 집 저 집에 가득 날아든다. 낮에는 뜨거운 태양빛이 사람들의 피부를 까맣게 태운다. 여름이면 들녘 사람들은 마치 악독한 폭군을 원망하듯 태양을 원망한다. 온 들녘에 커다란 불덩이가 구르고 있는 듯 덥다.

그러나 왕씨 아주머니는 언제나 여름을 환영하였다. 왜냐하면 여름에는 무성한 푸른 나뭇잎이 있고, 살찐 숲이 있고, 게다가 여름밤엔 왕씨 아주머니의 시심(詩心)을 불러일으키곤 하는 마음의 밭이 있기 때문이다. 여느 해 같으면 그녀는 여름밤을 향해 이야기를 시작했을 것이다. 그러나 올해 여름에는 아무 것도 이야기하지 않는다. 그녀는 창밑에 기대앉아 아무런 생각 없이 어두운 하늘만 바라보고 있다.

개구리 소리가 여름밤의 적막을 깨고 있다. 모기가 그칠 줄 모르고 시끄럽게 윙윙거린다.

지금은 여느 해 9월과 다르다. 작년 이맘때엔 밀을 베고 있었다. 왕씨 아주머니네는 금년에 농사를 짓지 않았다. 그녀는 더욱 우수에 잠겨 침묵하고 있다. 낚싯대를 들고 파도치는 밀밭을 지나갈 때면 그녀는 낚싯대의 실을 돌돌 말며 고개를 쳐들고 하늘을 바라본다. 밀밭엔 일별도 안 주고 지나간다.

왕씨 아주머니의 마음은 나날이 모질어졌다. 그녀는 이제 술까지 퍼 마신다. 그녀는 매일 물고기를 낚는다. 집안 식구의 옷을 깁지도 않고 빨지도 않는다. 오로지 매일 밤 물고기를 구워 술을 마시기만 한다. 곤죽이 되도록 술을 마시고는 온 마당과 온 방 안을 빙빙 돌다가 또다시 휘청휘청 숲 속으로 걸어 들어가곤 한다.

그녀는 술을 마시다가 어떤 때 예전의 남편을 생각하곤 한다. 그녀는 자기 옆에 와 있는 고독한 딸을 아픈 마음으로 바라본다.

술을 마시고 나면 그녀는 결국 더욱 잡념에 빠진다.

그녀의 몰골은 우습게 변했다. 돌멩이처럼 마당 가운데 엎어졌다가 밤에도 마당에서 잠을 자기 일쑤다.

마당에서 잠을 자면 썩은 파리에 개미가 몰려들 듯 모기가 바글바글 몰려든다. 그녀는 이제 더 이상 마음이 가다듬어지지 않는다. 더 이상 살아갈 마음이 없는 것이다.

왕씨 아주머니는 모기에게 뜯겨 얼굴이 온통 상처투성이고 피부가 부어올랐다.

왕씨 아주머니는 술을 마시면서도 딸이 처음으로 왔던 그날을 생각한다. 딸은 자기 품에 안겨 말했었다.

"엄마! 나는 엄마가 죽었다고 생각했어! 엄마 입에서 거품이 솟아나고, 손가락은 싸늘하게 식었었어! ······오빠가 죽고 엄마까지 죽으면 나는 어디 가서 밥을 얻어먹으란 말이야? ······그들에게 쫓겨 갈 때 갖고 왔던 보자기를 잊고 놓고 갔었어. 나는 울어서······. 머리가 띵하도록 울어서······. 엄마, 그들은 나쁜 사람들이야. 그들은 내게 엄마를 잠시도 더 못 보게 했어······."

잠시 후 아이는 엄마 품에서 일어서며 더욱더 의미 있는 말을 했다.

"나는 그들이 원망스러워 죽겠어. 만약 오빠가 살아 있다면 나는 꼭 오빠에게 그들을 때려죽이라고 할 수 있었을 텐데."

그 다음에 그 계집애는 눈물을 말끔히 닦고 말했다.

"나는 꼭 오빠처럼 될 거야."

말을 마치고 그녀는 입술을 깨물었다.

왕씨 아주머니는 계집애가 어떻게 이렇게 열정적인 성격일까 하고 생각하였다. 혹시 꽤 쓸모 있는 아이가 아닐까 하는 생각도 했다.

왕씨 아주머니는 갑자기 폭음을 멈췄다. 그녀는 매일 밤 숲 속에서 딸을 가르치기 시작했다. 조용한 숲 속에서 그녀는 준엄하게 말한다.

"복수를 해야 한다. 오빠를 위해 복수해야 한다. 누가 네 오빠를 죽였지?"

계집애는 생각한다.

"관가에서 오빠를 죽였어."

그녀는 또 엄마가 하는 말을 듣는다.

"오빠를 죽인 놈, 너는 그놈을 죽여야 한다."

딸애는 십여 일을 생각한 다음 주저하며 엄마를 향해 말한다.

"누가 오빠를 죽였지? 엄마 내일 나를 데리고 시내로 가서 그 원수를 찾아 봐. 언제든 그 사람을 만나면 내가 죽일 수 있도록."

아이는 역시 아이다운 말을 한다. 엄마는 웃지 않을 수 없다. 엄마는 마음이 아프다.

왕씨 아주머니가 짜오싼과 싸운 날 밤 난허(南河)에 강물이 불어 범람하였다. 난허 강가에서 사람들이 외쳤다.

"홍수가 났다! 홍수가 났다!"

사람들이 물가를 왔다갔다 한다. 짜오싼이 집 안에서 소리쳤다.

"너 빨리 그 계집애를 내보내. 그 애는 우리 애가 아니야. 나는 너에게 네 새끼와 함께 살라고 허락하지 않았어. 빨리……."

이튿날 집집마다 자기네 밀을 밀 타작마당으로 나르고 있다. 밀을 벤 첫 날 사람들은 술자리를 벌여 경축한다. 짜오싼은 처음으로 밀농사를 안 지었다. 그의 집은 조용하다. 누군가가 그를 부르러 왔다. 그는 남들이 술상 앞에 앉아 즐겁게 이야기하는 것을 보다가 남들의 밀을 보다가 한다. 그의 불그스레하고 커다란 손이 사람들 앞에서 계면쩍어졌다. 그는 줄곧 손을 비비적거린다. 그러나 아무도 그를 거들떠보지 않았다. 농사꾼들은 밀농사에 관해 서로 이야기를 나누고 있다.

강물이 범람하자 모기가 더 많아졌다. 밤이 되자 윙윙대는 모기소리에 눌려 두꺼비 울음소리도 들리지 않는다. 낮에도 모기떼는 바삐 날고 있다. 짜오싼만 이상하게 묵묵히 침묵하고 있다.

전염병

공동묘지에 주검들이 즐비하게 놓여 있다. 아무도 파묻는 사람이 없어 들개들이 시체 사이에서 자유로이 뛰어다니고 있다.

태양이 피처럼 새빨갛다. 아침부터 저녁까지 모기가 안개와 함께 하늘을 가득 채우고 있다. 수수, 옥수수 그리고 일체의 모든 채소들이 밭에 그대로 버려져 있다. 집집마다 아무 일도 하지 않고 있다. 서서히 쇠망해 가는 집들뿐이다.

온 마을이 쥐 죽은 듯 조용하다. 식물조차 바람에 흔들리지 않는다. 모든 것이 안개 속에 깊이 가라앉아 있다.

짜오쌴이 남쪽 밭 끝머리에 앉아 낫을 팔고 있다. 낫은 '염도회'를 조직했을 때 사들였던 것이다. 그가 한 많은 그 유물을 바라보고 있는데, 마을에 사는 한 노부인이 그에게 다가와 묻는다.

"이봐요. ……날씨가, 무슨 날씨가 이래요? 하늘이 무너지고 땅이 가라앉으려는가? 하느님이 사람들을 다 죽이시려나? 아이구……."

늙은 할머니는 짜오싼을 떠나갔다. 꼬부랑 허리가 곧 안개 속으로 사라진다. 그녀의 목소리가 아득히 먼 곳에서 들려오는 것 같다.

"하느님이 사람을 멸종시키려는 게야. ……하느님은 일찍이 사람을 멸종시켜 버렸어야 했어. 인간 세상에는 강도, 전쟁, 살인이 난무해. 이런 것은 사람들이 스스로 불러들인 죄악이라구……."

그녀의 목소리는 점점 아련해졌다. 멀리서 나귀 우는 소리가 들린다. 나귀는 산언덕에서 우는 것일까? 강어귀에서 우는 것일까?

아무 것도 보이지 않는다. 들리기만 할 뿐이다. 얼리빤 여편네의 더듬거리는 불쾌한 목소리가 점점 가까이 들려온다. 짜오싼은 낮 때문에 속이 끓었다. 안개 속에 앉아 애끓는 마음으로 낮을 증오하며 그는 생각한다.

"검은 소를 팔아 버렸으니, 밀농사도 지을 수 없고"

곰보 아줌마가 그에게 말을 걸었으나 그는 주의 깊게 듣지 않는다. 그 여자는 발밑의 흙덩이에 걸려 넘어졌다. 그녀는 일어서면서 당황했으나 안개 속이라 그녀의 당황하는 모습이 어떤지는 안 보인다. 그녀의 목소리가 그물 모양의 파문을 짜고 있다. 커다란 모기 소리처럼.

"셋째 아주버니, 아직도 여기 앉아 계셔요? 집에 무서운 귀신 같은 사람들이 왔어요. 그 귀신들은 어린아이에게까지도 주사를 놓으려 해요. 이것 보세요. 나는 아기를 안고 나왔어요. 아기가 병으로 죽는 게 낫지, 주사는 차마 못 맞히겠어요."

곰보 아줌마는 짜오싼에게서 멀어져 간다. 아직 죽지 않은 그러나 제대로 울지도 못하는 아기를 안고 안개 속으로 멀어진다.

태양은 차츰 어두운 빨간빛으로 변하면서 커졌다. 빛나는 게 아닌 그냥 둥근 바퀴 모양으로 사람들의 머리 위에 떠 있다. 어두운 농촌에는 천재지변의 씨앗이 점점 자라나고 있다.

전염병이 확대된 태양처럼 폭발적으로 극성을 부린다.

짜오싼이 죽어 나자빠진 두꺼비를 밟고 걸어간다. 사람들이 관을 메고 잠시 그의 옆에 나타났다가 미끄러지듯 사라져간다. 고개를 비꼰 한 여자가 뒤따라가며 흐느끼는 소리로 울고 있다. 또 노새 울음소리가 들린다. 그리고 얼마 안 되어 중병을 앓고 있는 노인을 등에 태우고 노새가 스쳐 지나간다.

서양인, 사람들은 그들을 '양귀신'이라고 부른다. 그들은 몸에 흰 가운을 입고 있다. 이튿날 안개가 걷힐 무렵 흰 가운을 입은 사람이 짜오싼네 창밖으로 와서 입에 흰 마스크를 하고 알아듣기 어려운 중국어로 말한다.

"당신 집에, 환…… 환자 있어요? 내 병 치료 아주 좋아요. 오시오! 빨리빨리."

그 늙고 좀 뚱뚱한 사내가 수염을 흔들며 머리를 창 안으로 들이밀고 돼지 눈알처럼 살찐 눈으로 둘러본다.

짜오싼이 놀라서 환자 따위는 없다고 말한다. 그러나 그들은 결국 펑얼에게 주사를 놓고 말았다.

늙은 양귀신이 또 다른 젊은 양귀신에게 말을 할 때마다 입에 쓴 흰 마스크가 움직인다. 손가방을 엎자 대롱, 약병 그리고 빛나는 칼 등이 쏟아져 나온다. 짜오싼은 우물가로 가서 찬물 한 병을 떠왔다. 그 양귀신은 텅 빈 유리대롱을 닦기 시작한다.

펑얼은 창문 앞 판자 위에 앉혀졌다. 흰 천으로 그의 눈을 가린다. 마당 저편에 사는 이웃들이 모두 몰려와서 구경한다. 왜냐하면 양귀신들이 병을 어떻게 치료하며 그 치료법이 얼마나 무서운지를 알고 싶었기 때문이다.

배꼽 한 치 밑에 유리대롱을 꽂았다. 다섯 치 길이의 유리대롱이 절반이나 뱃속으로 들어가고 절반만 뱃가죽 밖에서 반짝인다. 그들은 이 상태로 아이를 꼭 붙잡아 반듯이 눕힌 뒤 움직이지 못하게 한다. 양귀신 가운데 한 사람은 냉수 병을 들고 다른 한 사람은 긴 고무관 끝을 그 물병 꼭지에 댄다. 무슨 기계를 고치고 있는 것 같아 보인다. 사방을 에워싼 채 바라보고 있던 사람들은 한숨을 몰아쉬기도 하고, 어깨를 움츠리기도 한다. 아이가 '아야, 아야' 하는 소리를 질러댄다. 아주 순식간에 물 한 병이 다 흘러

들어갔다. 마지막으로 부풀어 오른 배를 노란 물약으로 닦아내고 작은 가위로 흰 솜을 잘라 뚫린 곳에 붙였다. 이렇게 하고 난 다음 흰 가운을 입은 귀신들은 손가방을 들고 나가버렸다. 또 다른 집으로 간 것이다.

날씨가 쾌청한 어느 날, 전염병이 절정에 이르렀다. 여자들이 절반쯤 죽은 아이들을 안고 있다. 그러나 여자들은 끝끝내 주사 맞히기를 두려워한다. 흰 가운의 귀신들이 아이들의 뱃속에 물병의 물을 쏟아 넣을까봐 두려워한 것이다. 그녀들은 부어올라 이상해진 배를 차마 볼 수가 없었던 것이다. 나쁜 소문이 온 마을에 나돌았다.

"이씨네 온 집안 식구가 다 죽었대!"

"시내에서 보낸 검사원들이 병에 걸린 사람들을 할머니나 어린아이나 가리지 않고 모두 수레로 끌고 시내로 가서 주사를 놓는대."

사람이 죽어도 곡성이 안 들린다. 조용히 짚단으로 둘둘 말아서 또는 관에 넣어서 공동묘지를 향해 가는 행렬이 끊이지 않을 뿐이다.

정오가 좀 넘어 얼리빤의 여편네는 아기를 공동묘지에 갖다 놓았다. 그녀가 본 몇몇 아기들의 주검 중 어떤 것은 머리카락이 하얀 얼굴을 온통 뒤덮고 있고, 어떤 것은 들개에 의해 사지가 찢겼고, 또 어떤 것들은 아주 잘 자고 있는 모습이다.

들개는 먼 곳에서 편안하게 뼈를 부숴 씹는 소리를 내고 있다. 들개들은 더 이상 음식물을 찾느라고 미쳐 날뛰지도 않는다. 더 이상 살아 있는 사람을 사냥하지도 않는다.

핑얼은 밤새도록 노란 물을 토해내다가 녹색 물을 토해내다가 했다. 눈 흰자위에 빨간 핏발이 서렸다.

짜오싼이 중얼거리며 대문을 나선다. 온 마을의 사람들이 적지 않게 죽어갔지만, 또 곡식들이 들판에 선 채 못 쓰게 되었지만, 그는 어쨌든 낫을 팔려고 한다. 낫을 집안에 그대로 두고서는 아무래도 마음이 편치 않았던 것이다.

십 년

　마을의 산과, 산 밑의 작은 시내, 그것들은 십 년이 지나도 변함이 없다. 시냇물은 조용조용 흘러가고, 산언덕은 계절을 따라 옷을 갈아입고, 생사가 윤회하고 있는 커다란 마을도 십 년 전과 마찬가지이다.

　지붕 위의 참새도 여전히 그렇게 많고, 태양도 여전히 따뜻하다. 산기슭에서 목동 하나가 노래를 부르고 있는데 그 노래 역시 십 년 전부터 불려온 오래된 노래다.

　"가을 밤은 길고 가을 밤은 추운데 누구네 아이만 엄마가 없나? 누구네 아이만 엄마가 없나? ……달빛은 서쪽 창에 가득한데."

　모든 것이 십 년 전과 똑같다. 왕씨 아주머니도 변한 게 없는 것 같다. 다만 핑얼은 성장했다. 핑얼과 루오취앤투이는 모두 성인이 되었다.

　왕씨 아주머니의 머리카락이 서늘한 바람에 나부낀다. 산언덕에서 들려오는 아이들의 노랫소리가 울타리를 휘감는다.

변한 세월

눈 내리는 어느 날, 마을 사람들이 전혀 본 적이 없는 깃발이 하늘 높이 휘날리고 있다.

온 마을이 조용하다. 일본 국기만 언덕의 임시 군영 앞에 펄럭이고 있다.

마을 사람들은 지금이 몇 년 몇 월인가를 생각하고 있다. 중화민국(中華民國)이 국호(國號)를 고쳤단 말인가?

검은 혀

왕도(王道)를 선전하는 깃발이 걸렸다. 먼지와 소요를 동반하고 걸려 있다.

가로수가 늘어선 드넓은 한길이 자동차 소리로 시끄럽다.

끝없이 펼쳐진 들판의 어린 곡식들이 더욱 푸르러졌다. 그러나 이곳은 이제 더 이상 고요하고 평온한 시골마을이 아니다. 사람들은 이미 마음의 평형을 잃었다. 풀밭 위로 자동차가 먼지를 뽀얗게 일으키며 지나간다. 빨간색, 초록색 종이 삐라가 씨앗 뿌려지듯 뿌려졌다. 작은 초가지붕 위에 알록달록한 종이 삐라들이 떨어져 있다. 근처 한길의 가로수 가지 끝에 걸린 종이 삐라들이 펄럭펄럭 춤을 추며 나부낀다. 시내로부터 오는 차량들이 꼬리를 물고 있다. 자동차 위에는 위풍당당한 일본 사람, 고려(高麗) 사람, 그리고 위엄을 부리고 있는 중국 사람들이 앉아 있다. 자동차

바퀴가 날듯이 돌진해 가면, 차에 탄 사람들의 손에 들린 깃발들이 펄럭펄럭 소리를 내고 차 위의 사람들은 날개라도 돋쳐 날아가 버리듯 지나쳐 간다. 일장기를 들고 아첨하는 웃음을 띤 각양각색의 사람들이 길 저쪽 끝으로 사라져 버리곤 한다.

'왕도'를 선전하는 삐라들이 산허리에도 날아가 앉고, 강가에도 날아가 앉는다.

왕씨 아주머니가 문 앞에 서 있다. 얼리빤의 늙은 염소는 아랑곳도 하지 않고 수염을 늘어뜨리고 잎이 무성하게 우거진 나무 밑을 느릿느릿 지나가고 있다. 염소는 더 이상 먹이를 찾지 않는다. 염소는 피곤했던 것이다. 염소는 너무 늙어 온몸의 털이 흙빛으로 바래버렸다. 눈빛은 눈물을 흘리는 것처럼 흐릿해졌다. 염소는 아주 우스꽝스럽고 불쌍한 몰골로 변해서 기다란 수염을 날리며 웅덩이를 향해 걸어가고 있다.

앞쪽에 있는 의자를 향해 걷고 있는 염소를 바라보며 왕씨 아주머니는 지나간 어려운 날들을 돌이켜 생각한다. 그러나 그녀는 그 옛날로 되돌아가고 싶다. 왜냐하면 요새는 그때보다도 더 힘들기 때문이다. 웅덩이엔 아무도 농사를 짓지 않고 있다. 그 옛날에는 밀밭이던 비탈이 황무지로 변해 버렸다. 그녀는 슬픈 마음으로 추억을 곱씹는다.

일본 비행기가 시끄러운 소리를 내면서 날아간다. 이어서 하늘에 종이 삐라가 가득하다. 한 장의 삐라가 왕씨 아주머니의 머리 위 나뭇가지에 얹힌다. 그녀는 그것을 주워 훑어보고 발밑에 버린다. 비행기가 또 지나간다. 더 많은 삐라가 떨어진다. 그녀는 다시는 삐라들을 훑어보지 않고, 그냥 발밑에 팽개치고 몇 번이고 짓밟는다.

잠시 후 찐즈 어머니가 왕씨 아주머니가 서 있는 곳을 지나다가 멈추어 선다. 그녀는 수탉 두 마리를 들고 있다. 그녀가 왕씨 아주머니에게 묻는다.

"어떻게 살아갈 방도가 없을 것 같아요? 도대체 어떻게 살까요? 겨우 수탉 두 마리가 남았는데 이거마저 금방 팔아 버려야 하니."

왕씨 아주머니가 그녀에게 묻는다.

"시내로 팔러 가세요?"

"시내로 가지 않으면 누가 사겠어요? 온 마을 안에 닭이 몇 마리 안 된다구요."

그녀는 왕씨 아주머니의 귀에 대고 한바탕 귓속말을 속삭였다.

"일본놈들은 지독히 악랄해요! 마을 처녀들이 모두 달아나고 없어요. 젊은 색시들도 마찬가지고 왕지아뚠(王家屯)에서 열세 살 난 계집아이가 일본놈들에게 끌려갔다는 소문이 돌아요. 한밤중에 끌려갔다는군요."

"잠시 좀 쉬었다 가지 그래요."

왕씨 아주머니가 말한다.

그녀들은 나무 밑에 앉는다. 대지 위의 벌레들도 결코 울지 않았다. 오로지 그녀들 두 사람만 참담하고 우울하게 이야기를 나누고 있을 뿐이다.

수탉들은 손아귀에서 끊임없이 날갯죽지를 퍼덕인다. 해가 중천에 떴다. 나무 그림자가 원형으로 되었다.

마을에는 이상한 풍경이 생겼다. 일장기와 일본 군인이 나타난 것이다. 마을 사람들은 왕도(王道)니, 일만친선(日滿親善)이니, 곧 진룡천자(眞龍天子)가 등극할 것이라느니 하는 말 등을 수군대기 시작했다.

왕도의 기치 아래에서 마을에 버려진 전답이 많아지고, 사람들은 광장에서 우울하게 배회하고들 있다.

그 노파가 마지막으로 말한다.

"나는 요 몇 해 동안 닭을 계속 키워 왔는데, 이제 와서는 닭털 하나 남겨 두지 못하고, 새벽을 알리는 수탉 한 마리 집안에 남겨 둘 수 없게 되었어요. 무슨 세월이 이래……?"

그녀는 팔을 휘두르더니 마치 미친 것처럼 벌떡 일어서서 앞쪽의 폐허가 된 밭을 걸어간다. 폐허가 된 밭은 병을 앓고 있는 것 같다. 메마른 풀들이 그 할망구 발아래에서 무력하게 마구 짓밟힌다.

그녀가 제법 멀리까지 걸어갔는데도 수탉 두 마리를 든 손은 여전히 아래로 내려뜨리고 다른 한 손은 끊임없이 얼굴을 닦아 내고 있는 모습이 보인다.

왕씨 아주머니가 어렴풋이 잠에 빠질 무렵, 먼 곳에서 어떤 여인이 외치는 듯한 소리가 어렴풋이 들렸다. 그녀는 일어나 창문을 열고 들어본다……

얼마 동안의 시간이 흐른 뒤, 경적이 시끄럽게 울리기 시작하고 총소리가 들린다. 먼 곳에 있는 군인의 집에 무슨 마귀라도 들었나?

"당신 집엔 사람이 없소?"

그날 밤 일본 군인과 중국 경찰이 온 마을을 샅샅이 뒤졌다. 왕씨 아주머니네 집까지 수색하러 왔다. 그녀가 대답한다.

"무슨 사람이 있어요? 아무도 없어요."

그들은 코를 막고 방 안을 한 바퀴 돌아보고 나간다. 회중전등의 파란 빛이 여기저기를 비춘다. 문간을 나갈 때 철모를 쓴 일본 병사가 중국어로 말한다.

"저 여자라도 데려가자."

왕씨 아주머니는 그 말의 의미를 금방 알아듣는다.

"뭐라구? 여자도 데려간다고?"

그녀는 생각한다.

"여자도 데려가서 총살시키려나?"

"누가 저 여자를 좋아하겠소? 다 늙어빠진 할망구를!"

중국 경찰이 말했다.

중국인들은 모두 '와' 하고 웃었다. 일본인들은 뭣도 모르고 덩달아 웃는다. 그러나 그들은 이 말이 무슨 뜻인지 모르면서 남들이 웃으니까 자기들도 웃었던 것이다.

어떤 집 여인인지 알 수 없지만 정말 여인 하나가 돼지처럼 등을 굽히고 그들에게 끌려가고 있다. 어지러이 움직이는 희미한 회중전등 빛으로는 그 여인이 누구인지 식별이 안 된다.

대문간을 채 벗어나기도 전에 그들이 그 여인을 희롱한다. 그 순간 왕씨 아주머니는 그 철모를 쓴 일본군의 손이 여인의 엉덩이를 다급히 더듬는 것을 본다.

죽고 싶냐?

왕씨 아주머니는 또 그들이 수사를 가장하여 여자를 잡아가려고 왔나보다 생각한다. 그래서 그녀는 별로 나쁜 일이 생기지는 않을 것 같다고 생각하며 편안히 잠든다. 짜오싼도 이젠 아주 늙어버렸다. 밖에서 돌아 온 그는 마누라를 깨우지도 않고 조용히 잠들었다.

날이 새자 일본 헌병이 문 밖에서 가볍게 노크를 한다. 안으로 들어온 그의 모습은 중국 사람 같다. 그의 장화는 숲의 이슬로 젖어 있다. 그는 호주머니에서 수건을 꺼내더니 태연한 척 하며 방바닥 가장자리에 앉아 자기 장화를 닦는다. 그러면서 질문을 시작한다.

"당신네 집에 간밤에 사람이 왔었소? 안 왔었소? 괜찮아요 사실대로 말해야 하오."

짜오싼은 막 일어나던 참이라 의식이 불분명하여 무슨 일이 벌어지고 있는지 알 수가 없다. 그러자 그 헌병이 손에 든 모자를 힘껏 패대기친다. 그 태도가 부드럽지 않고 안하무인격으로 건방지다.

"개새끼! 넌 어째 모른다는 거야? 끌려가서 맛 좀 봐야 알겠어?"

말은 그렇게 하지만 그를 끌고 가지는 않았다. 왕씨 아주머니가 옷의 단추를 채우면서 그의 말을 가로챈다.

"어떤 사람을 찾나요? 어젯밤에 군인 나으리들 몇몇이 왔었지만 아무 것도 찾아내지 못하고 금방 돌아갔습니다."

그 헌병은 왕씨 아주머니를 향해 완전히 태도를 180°로 바꿔 친근한 목소리로 말한다.

"할머니, 얘기해 주세요. 상금이 걸려 있습니다."

왕씨 아주머니의 모습엔 여전히 변화가 없다. 그러나 그 사람은 또 말한다.

"우리는 오랑캐를 잡으려는 것입니다. 오랑캐가 침입하면 마을 사람들도 마찬가지로 피해를 봅니다. 할머니는 어제 자동차가 마을에 들어와 왕도에 대해서 선전하는 것을 보지 못했나요? 왕도는 사람들에게 성실하라고 한답니다. 할머니! 말씀해 보세요. 상금이 걸려 있다니까요"

왕씨 아주머니는 창문을 통해 들어오고 있는 붉은 햇살을 마주보고 있다. 그녀가 말한다.

"나는 그런 건 몰라요."

그 헌병은 또 고함을 지르고 싶다. 그러나 꾹 참는다. 그의 입술이 곤란하다는 듯이 또 몇 번 움직인다.

"만주국(滿洲國)은 백성을 해치는 오랑캐들을 소탕하려고 한다! 오랑캐들을 알고 있으면서 신고하지 않으면 잡아내 총살한다!"

이렇게 말하면서 장화를 신은 그 헌병은 짜오싼을 경멸하는 눈초리로 흘겨본다. 그리고는 더 이상 아무 말도 하지 않고 대답을 기다린다. 그러나 아무 대답도 얻지 못한다.

정오가 되기 전, 공동묘지에 시신 세 구가 추가되었다. 그중 하나는 여자의 주검이었다.

사람들은 모두 그 여자 주검이 바로 북촌의 한 과부집에서 찾아낸 여학생 시체라는 것을 알았다.

짜오싼은 그 여학생이 무슨 당의 당원이라고 수군거리는 사람들의 말을 들었다. 그러나 그는 무슨 당이라는 것이 무슨 뜻인지 알 수가 없었다. 그날 밤 술을 마신 후 그는 이 모든 비밀을 왕 씨 아주머니에게 털어놓았다. 그도 그 여학생이 도대체 무슨 비밀이 있었는지, 도대체 무엇 때문에 죽었는지 알지 못했다. 그는 다만 퍼뜨려서는 안 되는 일은 비밀스러우므로 꼭 말하고 싶다는 생각뿐이었다.

왕씨 아주머니는 그 얘기가 아주 듣기 싫었다. 왜냐하면 이 사건으로 인하여 그녀는 자기 딸을 걱정하게 되었기 때문이다. 그녀는 자기 딸의 운명이 그 여학생과 같이 되지 않을까 두려웠다.

짜오싼의 수염은 허옇게 변했다. 그리고 더욱 성기어졌다. 술을 마시고 얼굴이 벌개져서 그는 아무렇게나 방바닥에 벌렁 자빠지곤 했다.

핑얼은 생풀 한 짐을 크게 묶어지고 돌아온다. 녹색 생풀은 볕에 말리면 땔감으로 쓸 수 있다. 그는 마당 가운데에 생풀을 널었다. 그리고 방으로 들어왔으나 즉시 밥을 먹지 않고 땀에 흠뻑 젖은 웃저고리를 먼저 벗는다. 그는 마치 분노가 치미는 것처럼 자기의 살찐 어깨를 찰싹 소리가 나도록 힘껏 때리면서 긴 한숨을 토해낸다. 한참 후에 아버지가 말한다.

"너희 젊은이들은 담력이 좀 있어야 한다. 이건 죽으라는 세상이지 뭐냐? 나라가 망했다. 밀밭은 농사를 지을 수 없게 되었고, 닭과 개도 씨가 말라간다."

늙은이의 말투는 싸우자는 말투 같았다. 왕씨 아주머니가 핑얼의 구멍 난 속옷을 꿰매고 있다가 감동한다. 짜오싼이 나라의 장래를 다 생각하다니! 그러다 그녀는 속옷을 잘못 꿰맸다. 그녀는 소매 두 개를 완전히 꿰매 붙이고 말았다.

짜오싼은 늙은 소처럼 젊은 시절의 기력은 이미 모두 쇠잔해 버렸다. 오로지 염도회(鐮刀晦)만 회상하면서 또 핑얼에게 말한다.

"그때 너는 아직 어렸었다. 나와 리칭싼(李靑山) 등은 염도회를 만들었었지. 용기가 넘쳤었는데! 그러나 나는 타격을 받고 곧 좌절했다. 네 엄마가 양총 한 자루까지 빌려왔었는데. 그런데 누가 알았겠니? 양총을 써 보지도 못하고 몽둥이질 한 번 잘못하여 사람을 해치게 될 줄을. 그때부터 계속 운이 없었어. 해마다 더 악화되면서 오늘에 이르렀지."

"개는 근본적으로 이리가 되지 못하는 법이야. 네 아빠는 그 사건 후에 염도회에 대해서 흥미를 잃었단다. 검은 소는 바로 그 해에 판 것이야."

그녀는 이렇게 말을 가로채 짜오싼으로 하여금 수치와 분노를 느끼게 하였다. 동시에 그는 자신이 무엇 때문에 그때 그토록 비열했던가를 곰곰이 생각해 본다. 그러자 짜오싼의 심장엔 잠시 불길이 타오른다. 그는 자신을 만족시킬 만한 말을 찾아냈다.

"요즈음엔 지주도 지주가 아니야. 일본놈들 때문에 지주도 무슨 일이든 하기가 수월치 않거든."

그는 끓어오르는 열기를 식히기 위해 숲 쪽으로 산책을 나간다. 푸른 하늘과 나뭇가지 끝의 아름다운 곡선은 마치 부드럽게 말려진 구름 같은 호선을 그려내고 있다. 푸른 하늘의 장막이 앞쪽에 곧게 드리워 있고 곡선으로 말린 듯한 나뭇가지 끝은 옷소매처럼 하늘 장막에 상감되어 있다. 들에는 지난날처럼 나비들이 날고 있지만, 들꽃들은 아직 피지 않았다. 작은 초가집들은 한 채 한 채씩 무너져 가고 있다. 어떤 집은 담장만 남아 햇볕을 받고 있고, 어떤 집은 폭탄에 지붕은 어디로 날아가 버렸는지 없고 집 채만 앙상하게 남아 있다.

짜오싼은 가슴을 크게 열어 제치고 들판의 투명한 공기를 들이마신다. 그는 그곳을 떠나고 싶지 않다. 지난날 밀밭이었던 황무지에서 발걸음을 멈춘다. 그러나 얼마 지나지 않아 그는 다시 심사가 복잡해짐을 느낀다. 왜냐하면 지난날 자신의 밀밭이 오늘날에는 폭염 밑에서 모두 황폐해 있을 뿐 아니라 일본 군대의 통치 아래에는 다시는 밀농사를 지을 수 없을 것이 분명하기 때문이다. 그는 밀밭의 서글픔을 간직한 채 다시 오이밭을 지나갔다. 오이밭 역시 오이 농사를 짓는 농사꾼은 보이지 않고, 쑥과 잡풀이 잔뜩 우거져 있다. 작년에 오이를 망보던 작은 원두막은 여전히 그대로 남아 있다. 짜오싼은 원두막 아래에 있는 풀밭 위에 눕는다. 그는 잠을 자고 싶다. 몽롱한 가운데 고려인 몇 사람이 큰 숲을 가로질러 가는 모습이 보인다. 풀밭에 누워 올려다보니 그 고려인들이 마치 하늘 저쪽 끝에서 걷고 있는 것처럼 보인다.

여기저기 땅 위에 함부로 꽂혀 있는 집들만 없었다면, 짜오싼은 자신이 마치 하늘에 누워 있는 것으로 착각했을 것이다.

햇빛이 눈부셔 그는 더 멀리는 볼 수가 없다. 먼 곳에서 무료하게 짖는 마을의 개소리가 들린다.

황야에는 들개조차 찾아들지 않는다. 술로 가슴이 타는 짜오싼만이 이곳까지 와서 거닐고 있을 뿐이다. 그러나 그는 목적지가 없다. 마음 내키는 대로 발길을 아무데로나 옮긴다. 황폐한 밭들을 지나가며 그는 밭들이 너무나 아깝다고 생각한다. 고개를 끄덕끄덕하거나 손을 휘휘 내젓곤 하면서 끊임없이 한숨을 쉬면서 집으로 돌아온다.

마을엔 과부 숫자가 늘어났다. 앞쪽에 과부 셋이 걸어오고 있다. 그 가운데 한 과부는 아이의 손을 잡고 걸어오고 있다.

술기운으로 붉은 얼굴을 한 짜오싼은 자기 집 대문 가까이까지 갔다가 다시 방향을 바꾼다. 그는 그렇게 발걸음 내키는 대로 아무 생각 없이 거닌다. 앞쪽에서 걸어오고 있는 과부들 때문에 그는 마음이 심란하다. 움푹 파인 웅덩이에 발이 빠졌다. 그러나 그는 그것을 개의치 않는다. 마치 전심전력으로 장거리 여행을 완성하려는 듯이 계속 걷는다. 군데군데 폭탄에 패인 구덩이들이 있지만 그의 길을 가로막지는 못한다. 왜냐하면 술기운으로 그는 장년기의 혈기를 되찾은 듯 고양되어 있기 때문이다.

어떤 집에서 어미고양이 한 마리가 새끼들에게 젖을 먹이고 있다. 그는 그런 것들을 보고 싶지 않다. 그는 계속 걸어간다. 아는 사람 하나 만나지 못한다. 서쪽 하늘에 붉은 저녁노을이 타고 있을 무렵, 그는 허망한 마음으로 눈물을 글썽이며 이미 죽은 젊은 시절의 동지들 무덤 앞에 다다른다. 술을 가져오지 않았기 때문에 그는 묵묵히 친구들의 무덤 앞에 앉아서 술도 없이 제사를 지낸다.

나라가 망해버린 후 늙은 짜오싼은 때때로 그 죽어간 용맹스런 동지들을 생각하곤 했다. 살아남아 늙고 보니 비분만 느낄 뿐, 위험한 일은 할 수가 없다. 이젠 위험한 일을 전혀 할 수 없는 것이다.

별이 총총한 밤이다. 리칭싼이 광기를 띠고 있다. 그의 쉰 목소리는 신비스럽고 긴장된 색채를 띠고 있다. 그들은 처음으로 대형 집회를 개최했다. 짜오싼의 집에서 그들은 마치 무슨 성대한 의식이라도 거행하는 듯, 자못 장엄하고 엄숙하였다. 그들은 마치 산소 부족을 느끼는 것처럼 숨소리조차 내지 않는다. 방에는 불을 켜지 않았다. 사람들의 눈은 밤 고양이 눈처럼 반짝반짝 녹색의 광채를 발한다.

왕씨 아주머니의 조그만 발이 끊임없이 창밖을 서성이고 있었다. 그녀는 손에 램프를 꼭 쥐고 있다. 그녀는 어느 때이고 램프의 유리뚜껑을 떨어뜨려 깨부술 준비 태세를 갖추고 있다. 그녀는 시시각각으로 고양이가 올 것에 대비하는 밤을 지키는 쥐와 흡사하다. 그녀는 울타리 밖으로 나가 한 바퀴 빙 돌고는 울타리 밖에 서서 그들이 나누는 이야기의 위험성 여부를 귀 기울여 듣고 있다. 손에 든 램프 뚜껑을 그녀는 한 순간도 잊지 않고 있다.

방 안에서 리칭싼의 고집스럽고 무거운 쉰 목소리가 계속 울려 나온다.

"요즘 달포에 걸쳐 나는 비로소 인민혁명군이 되지 말아야겠다는 생각을 하게 되었소. 인민혁명군이 되면 반드시 재수가 없는 일이 생기고 말 것 같거든. 그들은 신식학교 학생들이긴 하지만 말을 타는 데도 사람을 시켜 들어 올려줘야 해. 그들은 늘 미친 듯이 '물러가라!' 만을 외쳐 대거든. 28일 밤, 그때 마침 밖엔 비가 내리고 있었는데, 우리 동지 열 명이 먹고 있던 밥그릇에 폭탄 파편이 떨어져 산산이 부서졌소. 동지 두 명을 보내 폭탄의 발원지를 알아보게 하였죠. 여러분 생각해 보시오. 신식학교 학생들 두 명이 도망치는데, 아! 기가 막혀서! 적들에게 쫓겨 모자를 떨어뜨리고 달아나더군. 학생들은 자주 적들에게 맞아 죽곤 해요……."

루오취앤투이가 말을 가로채며 말한다.

"혁명군은 붉은 오랑캐보다 쓸모가 없나요?"

달빛이 창을 통해 흘러들긴 하지만 너무 어둡다. 그래서 사람들은 아무도 루오취앤투이가 얼마나 괴상한 표정을 하고 질문하는지를 알아보지 못한다.

리칭싼이 다시 말하기 시작한다.

"혁명군의 규율은 정말 지독하다더군. 여러분 아시오? 규율이란 무엇이냐 하면 그것은 바로 규칙을 말하지. 규칙이 너무 엄격

하면 우리라도 견딜 수가 없을 거요. 예를 들면, 어떤 마을에서 젊디젊은 한 처녀가……. 하하하! 나는 그 때문에 한바탕 곤혹을 치렀어. 나를 똑바로 쳐다보며 한동안 떠나지 않더군. 동지들이 총대로 나를 열 대나 때린 거야."

그는 여기까지 말한 뒤 스스로 웃음을 그치고 소리를 죽여 계속 말한다.

얼리빤은 이런 일에 전혀 흥미를 못 느낀다. 그는 한 구석에서 꾸벅꾸벅 졸고 있다. 짜오싼이 담뱃대로 정치사상이 결여되어 졸고 있는 얼리빤을 한 대 때리며 대단히 불만스러운 표정으로 말한다.

"들어 봐! 좀 들어! 지금이 어떤 때인데 여기서 잠만 자나?"

왕씨 아주머니가 발을 동동 구르는 소리가 들렸다. 사람들은 귀를 기울인다. 그러나 램프 뚜껑이 깨지는 소리는 들리지 않는다. 그들은 일본군이 온 것은 아닌가 보다고 생각한다. 엄숙한 분위기가 감돈다. 리칭싼의 계획은 엄숙한 분위기 속에서 발표되었다.

리칭싼은 일개 농부에 지나지 않을 뿐이므로 아직도 일을 어떻게 해야 할지 판단이 서지 않은 채 계속 지껄인다.

"마을 젊은이들을 소집하여 나라를 구하기 위해 일어납시다. 혁명군이라는 그 학생들은 안 되겠어. 붉은 오랑캐들만 용감한 것 같아."

늙은 짜오싼은 담뱃대에 불을 붙이려다가 그냥 방바닥에 내던지고 재빨리 박수를 치며 말한다.

"옳소 젊은이들을 소집하여 우리도 '혁명군'이라고 이름 붙입시다."

사실 짜오싼은 전혀 이해할 수가 없었다. 왜냐하면 그는 혁명군이 무엇인지 도무지 들어 본 일이 없기 때문이다. 그러나 그는 아무 까닭 없이 안도감을 느끼고 커다란 손으로 쉴 새 없이 수염을 쓰다듬는다. 짜오싼은 10년 전 '염도회'를 조직했을 때와 똑같은 기분이 되었다. 그때와 마찬가지로 어두운 방이요, 조용조용 숨을 죽여 말하는 것 등이 모두 그랬다.

늙은 짜오싼은 즐거워서 밤새도록 잠을 이루지 못한다. 밤새도록 커다란 손바닥만 엎었다 젖혔다 한다.

같은 시각 얼리빤의 침실 벽으로 난 길에는 그의 코고는 소리가 박자를 똑똑히 셀 수 있을 정도로 들렸다.

시골에서는 일본인의 악독한 하수인들이 농민들을 중독시키기 위해 분투하고 있다. 다시 말하면 그들은 대청국(大淸國)을 부흥시키겠다느니, 충신·효자·절부(節婦)가 되어야 한다느니 하는 따위에 노력하고 있었다. 그러나 다른 곳에서는 그에 반대하는 세력도 성장하고 있었다.

어두워지자마자 곧 담장을 뛰어넘어 왕씨 아주머니 집으로 숨어드는 사람이 있다. 검은 수염의 그 사나이는 매일 밤 왔기 때문에 왕씨 아주머니와는 낯익은 사이가 되어 있다. 왕씨 아주머니네 식구들과 함께 밤참을 먹은 다음 그 사람이 왕씨 아주머니에게 말한다.

"당신 딸은 대단히 유능했었습니다. 총을 메고 산을 아주 빨리 기어오르곤 했거든요. 그러나 이미……"

펑얼은 방바닥에 꿇어 앉아 아버지의 담배를 빨고 있다가 가벼운 질투심이 마음을 스치고 지나감을 느낀다. 그는 일부러 담뱃대를 문에 두들겨 소리를 내다가 걸어 나간다. 밖은 깜깜한 밤이다. 그는 칠흑 같은 어둠 속으로 사라진다. 그가 우울한 기분으로 집에 돌아와 보니 왕씨 아주머니는 아직도 눈물을 떨어뜨리고 앉아 있다.

그날 밤 짜오싼은 아주 늦게 집에 돌아왔다. 왜냐하면 그는 사람만 만나면 구국(救國)이니 의용군이니 혁명군 하는 따위의 말을 하곤 하는데 이런 말들은 너무 낯설고 이상한 낱말들이기 때문에 그 뜻을 설명해야 했기 때문에 이렇게 늦게 돌아왔던 것이다. 그는 닭이 울 무렵에야 돌아왔다. 짜오싼의 집에는 닭이 없다. 마을 전체에서도 지난날 같은 닭 울음소리는 들을 수가 없다. 창문을 통해서 퇴색한 달빛만 보이고 삼성(三星)은 보이지 않는다. 날이 곧 샐 때쯤이라는 것을 알 수 있을 뿐이다.

그가 꿈속에 푹 빠진 아들을 깨운다. 그는 그에게 자기의 성공적인 선전소득을 얘기한다. 동촌의 그 과부가 의용군에 들어가도록 준비하기 위해 어떤 모습으로 자기 아이를 친정에 보냈으며, 젊은이들이 어떻게 집합 준비를 하고 있는지를 얘기한다. 영감은 마치 관청의 벼슬아치라도 된 듯이 몸짓을 해가며 자기 심정을 얘기한다. 그의 온 영혼이 활기차게 움직이고 있다.

잠시 침묵의 정적이 흐른다. 그가 핑얼에게 묻는다.

"그 사람 왔었니? 그 검은 수염쟁이 말이야."

핑얼은 다시 잠 속으로 빠져든다. 아버지가 그를 흔들어 깨운다. 그러나 그는 잠들어 버리고 만다. 아버지의 말은 '윙' 하고 그의 귓전을 스쳐가는 모기 소리처럼 아무 의미가 없다. 짜오싼은 순간적으로 화가 치민다. 그는 자기의 영광스런 사업을 계승해 나갈 사람이 없다는 생각이 든다. 이 따위 아들은 아무 쓸모가 없겠다고 생각한다. 그는 실망하지 않을 수가 없다.

왕씨 아주머니는 숨소리조차 내지 않는다. 깊이 잠든 것 같다.

이튿날 아침, 검은 수염의 사나이가 불쑥 또 나타났다. 왕씨 아주머니가 그에게 묻는다.

"그 애가 죽는 것을 당신 눈으로 직접 봤습니까? 아니면 보지 못했습니까?"

그는 속임수를 쓰듯이 말한다.

"노마님! 어째서 알아듣지를 못합니까? 전에 얘기해 주지 않았습니까? 죽었다면 죽은 것입니다. 혁명을 하려면 죽음을 두려워해서는 안 됩니다. 그것은 얼굴을 내세울 수 있는 떳떳한 죽음인

데……. 일본 개새끼들의 노예로 사느니보다 훨씬 훌륭하다구
요!"

왕씨 아주머니는 그들, 이런 사람들이 말하는 '죽음'이니 '삶'
이니 하는 말을 듣다 보니, 그녀도 죽어야 할 필요가 있는 것 같
이 생각된다. 그러자 그녀는 차츰 진정이 된다. 어젯밤 울어서 퀭
해진 눈으로 그녀는 그 낯익은 사람의 홱 돌리는 얼굴을 쳐다본
다. 그리고 마침내 그녀는 받아들인다. 그 사람이 자루에서 꺼낸
작은 책자와 깨알처럼 작고 검은 글씨로 가득 찬 종이 몇 장, 그
전부를 그녀는 받아들인다. 그 사람은 그 밖에도 반짝반짝 빛나
는 권총 한 자루를 왕씨 아주머니에게 넘겨주고 서둘러 급히 떠
났다. 왕씨 아주머니는 그 순간 참지 못하고 또 묻는다.

"그 애도 역시 총살당했나요?"

그 사람은 문을 열고 급히 걸어 나간다. 급히 나가느라 그 사
람은 왕씨 아주머니 말을 귀 기울여 듣지 않는다.

지난날의 왕씨 아주머니는 공포를 몰랐었다. 사람들이 가져 온
팜플렛을 언제나 부엌에 두곤 하였다. 어떤 때는 아무렇게나 자
리 밑에 넣어두기도 했다. 그런데 오늘은 더럭 겁이 난다. 그녀는
딸의 물건들이 일본 군인들에게 발각되면 자기를 칼로 찔러 죽
일 것이라는 생각을 한다. 그녀는 자기도 딸처럼 될까봐 두렵다.
게다가 수중에 권총까지 지니고 있으니. 공포에 찬 그녀는 차츰
벌벌 떨기 시작한다. 틀림없이 딸도 아들처럼 총살당했을 것이

다. 그녀는 생각을 멈춘다. 그리고 목전에 닥친 문제가 다급해지기 시작했음을 느낀다.

짜오싼이 당황한 표정으로 돌아온다. 왕씨 아주머니는 그를 모른 척하고 땔감더미가 쌓여 있는 뒷마당으로 걸어간다. 땔감용 밀짚은 다른 해와 달리 다 때고 하나도 없다. 평평한 땅바닥에 드문드문 쇠비름이 자라나 있다. 그녀는 구덩이를 파기 시작했다. 마을 개들이 미친 듯이 짖는 소리가 들리자, 그녀는 머리가 아득하니 어지러워져서 낫 끝을 땅에 꽂았다가 힘없이 뽑는다. 그녀는 쓰러질 것 같다. 온몸이 무슨 압박을 받아 육체가 갈기갈기 찢기는 것 같다. 참을 수 없이 혼미한 시간이 잠깐 동안 흘렀다. 그녀는 자기의 늙은 남편을 부르고자 뛰어 나간다. 그러나 방문까지 걸어갔다가 다시 급히 돌아선다. 남들의 훈시가 생각났던 것이다.

"중요한 일은 누구에게도 말하면 안 된다. 부부 사이라도 말하면 안 된다."

그 검은 수염의 사나이가 그녀에게 했던 말도 생각났다.

"짜오싼이 알게 해서는 안 됩니다. 그 늙은 영감은 어린애 같을 수도 있습니다."

그녀가 권총 등을 묻어 버리고 난 뒤, 일본군 십여 명이 계속 왔다. 대부분이 철모만 쓰고, 장화도 안 신고 왔다. 사람들은 그들이 또 여자를 구하러 왔다는 것을 알 수 있었다.

왕씨 아주머니는 모든 관찰력을 다 잃어버렸다. 자기도 모르게 짜오싼의 등 뒤에 숨어 웅크린 채 언제나 웃음을 띠고 있다. 그녀는 자기 집에 자주 와서 수색을 하던 일본 대장조차 알아보지 못한다. 떠날 때 그 사람이 왕씨 아주머니에게 '다시 봐요'라고 인사했으나 그녀는 의아해 할 뿐 대꾸 한마디 제대로 하지 못한다.

'빠—빠—' 이것은 출발한다는 신호였다. 아내들은 남자들에게 옷과 신발, 양말 등을 챙겨 주었다.

리칭싼은 집집마다 사람을 보내 수탉 한 마리를 물색해 오도록 했다. 아무도 구해 오지 못했다. 누군가가 얼리빤의 늙은 염소를 잡자고 했다. 염소는 마침 리칭싼네 집 문 앞에 서 있다. 서늘한 그늘을 즐기고 있는지 아니면 움직일 수 없는지 염소는 하나뿐인 뿔을 울타리 틈바구니에 처넣고 있다. 젊은이들이 가서 그놈을 떼메 오려고 하나 외뿔을 빼낼 수가 없다.

얼리빤이 대문 앞으로 나가자 염소도 그를 따라 집으로 돌아간다. 얼리빤이 말한다.

"자네들, 이놈을 잡으려면 잡으라구. 두어 보았자 조만간 일본놈들에게 바치게 되지 않겠나?"

한쪽에서 이씨네 둘째 숙모가 말한다.

"일본놈들은 절대로 그놈을 원하지 않을 걸요. 형편없이 늙었거든."

얼리빤이 말한다.

"일본놈들이 이놈을 원하지 않아도, 이놈은 늙었으니 곧 죽을 거요."

사람들이 선서하는 날이 되었다. 수탉을 물색하지 못했기 때문에 늙은 염소를 대신 쓰기로 결정했다. 젊은이들이 막대기에 염소의 네 다리를 거꾸로 매달아 떠메고 간다. 염소가 끊임없이 슬프게 울어댄다. 얼리빤이 우스꽝스럽고 슬픈 표정으로 염소를 따라간다. 그의 걸음걸이는 마치 한 걸음 한 걸음마다 땅을 헛딛는 것처럼 보인다. 물결 모양의 행렬은 갈수록 더욱 빨리 움직인다. 그의 마누라가 미친 듯이 그를 끌고 돌아가려고 하였지만 끌고 가지 못한다. 얼리빤은 바쁜 듯이 가던 길을 계속 걸어간다. 염소는 떠메어져 산허리에 나 있는 작고 굽은 길을 지나 마당 가운데 놓인 붉은 보자기를 씌운 네모난 탁자 위에 올려졌다.

동촌의 과부도 왔다. 그녀는 탁자 앞에 무릎을 꿇고 한동안 기도를 올린다. 그리고는 탁자 앞으로 걸어가 두 개의 붉은 초에 불을 붙이려 한다. 초에 불이 붙여지면 염소를 죽일 것을 얼리빤은 안다.

마당 가운데에서 늙은 짜오싼만 제외하고 거의 다 젊은 청년들로 되어 있는 사람들이 앞으로 가다가 좌로 또는 우로 도는 행진 훈련을 하고 있다. 그들은 팔을 걷어붙이고 가슴을 열어젖혀 건장하고 험상궂어 보인다.

짜오싼은 계속 동촌의 그 과부에게 말을 건네고 있다. 그는 그녀를 만나자마자 그녀에게 선전을 하기 시작했다. 그는 이 일을 시작하면서부터는 지난날처럼 그렇게 자기 담뱃대를 욕심스럽게 빨지 않았다. 말할 때 근엄한 태도를 짓기 위해 수염조차 까딱 안 한다.

"나라를 구해야 할 때가 되었소. 혈기가 있는 사람이라면, 망국노(亡國奴)가 되기 싫은 사람이라면, 일본의 예리한 칼날 아래 죽어가는 귀신이 되길 기꺼이 원할 것이오."

짜오싼은 오로지 자기가 중국인이라는 것만 알 수 있을 뿐이다. 다른 사람들이 그에게 몇 번이나 설명해 주어도 그는 자기가 중국인 가운데 무슨 계급에 속하는지는 이해할 수 없었다. 그래도 짜오싼은 많이 발전했다. 그는 온 마을의 진보적인 사람들을 대표할 만했다. 왜냐하면 그는 전에는 국가가 무엇인지 몰랐고, 또 전에는 자기가 어느 나라 국민인지도 거의 망각한 사람이었기 때문이다.

그는 말을 하지 않는다! 마당 가운데에 서서 웅장하고 비분에 찬 의식이 열리기를 기다리고 있다.

30여 명이 왔다. 중압감을 띤 대회는 그야말로 짜오싼을 감동시켰다. 그의 수염조차도 그 중요성을 깨달은 듯 휘날리지 않는다.

4월의 청명한 하늘이 산 능선을 따라 펼쳐지고 집 주위 커다란 나무들이 정오의 태양 아래 굽이치며 서 있다. 밝은 햇빛과 사람들이 함께 공동선서를 한다.

과부들과 아내를 잃은 홀아비들은 리칭싼이 구호를 외친 후 일제히 햇빛 아래 무릎을 꿇는다. 염소의 등에 햇빛이 내리비친다. 탁자 앞의 붉은 촛불이 장엄하고 묵묵하게 사람들의 머리 앞에서 이글이글 타오르고 있다. 덩치가 큰 리칭싼이 탁자 앞에 우뚝 선다.

"형제들이여! 오늘이 무슨 날인지 아시오? 오늘은…… 우리는 죽음을 각오하고 떠납시다. ……결정은 끝났소 ……우리의 머리가 온 마을의 모든 나무마다 매달린다 해도 우리는 진정으로 원하나이다. 그렇지 않소? ……그렇지? 형제들이여……?"

먼저 과부들 사이에서 대답소리가 퍼져 나온다.

"그렇습니다. 천만 자루 칼이라도 우리는 원하오."

곡성이 심장을 찌르듯이 아프다. 곡성은 송곳으로 찌르듯이 사람들의 폐부를 파고든다. 한줄기 짜릿한 슬픔이 고개를 숙인 사람들의 머릿속을 스치고 지나간다. 푸르디푸른 하늘이 무너져 내릴 것 같다.

늙은 짜오싼은 탁자 앞으로 가서 소리 없이 먼저 눈물부터 흘린다.

"나라가…… 나라가 망했소! 나…… 나는…… 늙었소! 여러분들은 아직 젊소 당신네들은 나라를 구하러 가시오! 내 이 늙은 몸은 이제 다시는 쓸모가 없구려. 나는 늙고 나라 잃은 백성이오. 당신네들이 일본 깃발을 갈기갈기 찢어버리는 순간을 내 눈으로 보기는 이미 틀렸소. 내가 무덤에 묻힌 후에라도…… 무덤 위에 중국 국기를 꽂아주기 바라오. 나는 중국인이요. ……나는 중국 국기를 원하오. 나는 망국노가 되지 않겠소. 살아서는 중국 사람이요, 죽어서는 중국 귀신이 될 것이오. ……안 돼 ……안 돼, 망…… 망국노는 안 돼."

짙고 무거워 삭일 수 없는 쓰라린 슬픔으로 인하여 나뭇잎조차 머리를 숙이고 있다. 짜오싼이 붉은 촛불 앞에서 탁자를 두 번이나 힘껏 내리친다. 사람들은 푸른 하늘을 향하여 일제히 울음을 터뜨린다. 사람들은 다 함께 푸른 하늘을 향하여 흐느끼고 울부짖는다. 많은 사람들이 모두 울기 시작한다.

그리고 장탄된 오리총 한 자루가 여러 사람들 앞에 놓인다. 사람들은 한 사람씩 그 총의 총구 앞에 무릎을 꿇고 '맹세'를 한다.

"만약 제 마음이 불성실하다면 하느님 저를 죽여주소서! 총이여 나를 죽여라! 총탄은 영혼을 가지고 성스럽고 눈을 가진 것이로다!"

과부들도 맹세를 한다. 역시 총구를 심장으로 똑바로 향하게 하고 말한다. 사람들이 선서를 마치고 염소를 막 잡으려고 하는 순간 얼리빤이 돌아왔다. 그는 어디선가 수탉 한 마리를 구해서 들고 왔다. 그리고 그는 선서를 하지 않았다. 나라의 멸망에 대해서 그는 별로 마음 아파하지 않는 것 같다. 그는 염소를 끌고 집으로 돌아간다. 다른 사람들의 눈빛, 특히 늙은 짜오싼의 눈빛은 그를 욕하는 듯하다.

"너 이 늙은 절름발이야, 네 이놈, 살고 싶지 않니……?"

도시로

떠나기 전날 밤, 찐즈는 물 항아리에 가위를 갈았다. 그리고 그 가위로 죽은 아기의 기저귀를 잘랐다. 젊은 과부는 친정어머니 집에 살고 있다.

"너 내일 꼭 갈래?"

옆에서 자고 있던 어머니가 등불 빛에 깨어 일어난다. 눈빛이 끝없는 동정심을 띠고 있다. 이미 결정된 운명이지만 그나마 찐즈는 위안을 얻은 것 같다.

"안 가요. 이틀 후에 갈 거예요."

찐즈가 그녀에게 대답한다.

얼마 후 늙은 노파가 다시 깨어났다. 그녀는 다시는 잠을 잘 수 없다. 딸이 옆에 없다. 우물에서 찐즈가 무엇인가를 빨고 있는 소리가 들린다. 그녀가 일어나서 묻는다.

"너 내일 가려는 게지? 사흘만 더 묵고 가면 안 되겠냐?"

찐즈가 밤중에 물건을 챙긴다. 어머니는 그녀가 떠나려고 한다는 것을 알아챈다. 찐즈가 말한다.

"엄마! 갔다가 이틀이면 바로 돌아올 거예요. 애타하지 마세요."

노파는 무엇인가를 더듬더듬 찾고 있는 눈치다. 더 이상 말을 하지 않는다.

해가 높이 떴다. 찐즈는 아직도 병든 어머니 곁에 맴돌고 있다. 어머니가 말한다.

"갈래? 찐즈야! 가려면 가거라! 가서 돈을 벌어라! 이 애미는 너를 방해하지 않겠다."

어머니의 목소리는 약간 처량하다.

"그러나 잘 배워야 한다. 다른 사람들을 따라 배우면 안 된다. 남자를 사귀어도 안 된다."

여자는 다시는 남편을 원망하지 않았다. 그녀가 엄마에게 말한다.

"이게 모두 키 작은 일본놈들 때문이 아니에요? 천 번 칼을 맞아야 마땅할 왜놈들 같으니라구! 가지 않으면 앉아서 죽기를 기다리게요?"

찐즈는 여자가 혼자서 길을 가려면 늙은 모습이나 추한 모습으로 변장을 해야 한다는 어머니 말씀을 따른다. 그녀는 허리끈을 매고 기름통을 몸에 매단다. 쌀을 담은 작은 쌀통도 역시 허리끈에 매단다. 바늘과 실 그리고 헝겊 조각을 싼 작은 보자기는 쌀통 속에 집어넣는다. 거지 노파로 분장하기 위해 얼굴에 재를 문질러 바른다. 그러자 매우 추하고 주름살투성이인 얼굴로 바뀐다.

떠나려는 순간 어머니가 자신의 귀에서 귀고리를 빼내며 말한다.

"이것을 가지고 가거라. 보자기에 넣어! 남들에게 빼앗기지 않도록 해라. 엄마는 돈이 한 푼도 없구나. 배가 고프면 팔아서 양식을 사 먹어라."

문을 나가는데 또 어머니의 말씀이 들린다.

"일본놈들을 만나면 재빨리 풀 섶에 엎드려야 한다."

찐즈는 상당히 멀리까지 걸어갔다. 산비탈을 걸어 내려갔다. 그러나 어머니의 말은 여전히 귓가에서 맴돌며 반복되고 있다.

"양식을 사 먹어라."

그녀의 마음속엔 뒤숭숭한 상념과 환상이 가득하다. 그녀는 얼마나 멀리 갔는지 모른다. 그녀는 마치 가출이라도 하는 것처럼 도망치듯 걸음을 재촉한다. 뒤를 돌아보지 않는다. 좁은 길엔 작은 풀들이 가득하다. 비록 작은 풀들이긴 해도 찐즈의 다급한 발걸음을 방해한다.

일본군이 마차를 타고 입에 담배를 물고 한길을 따라 지나간다. 찐즈는 몸이 떨린다. 어머니의 말씀이 생각나 재빨리 좁은 길가의 풀 섶에 엎드린다. 일본군이 지나가자 그녀는 가슴이 두근거리는 것을 느끼며 일어선다. 그녀는 사방을 황망히 돌아본다. 어머니는 어디쯤 계실까? 고향은 그녀로부터 아주 먼 곳에 있다. 눈앞에는 또다시 낯선 마을이 펼쳐져 있다. 그 모습이 그녀로 하여금 자기가 무수한 인간 세상을 걸어 지나왔음을 느끼게 한다.

붉은 태양이 곧 서쪽 하늘로 떨어지려 한다. 사람의 그림자가 장대처럼 가늘고 길게 땅에 드리워진다. 작은 시내에 놓인 다리를 건너면 이제 갈 길은 별로 많이 남지 않았다.

하얼빈(哈爾濱)시의 공장 굴뚝들이 어렴풋이 구름 낀 하늘로 우뚝 솟아 보인다.

찐즈는 시냇가에서 물을 마시고 고향 쪽을 뒤돌아본다. 멀어진 고향은 이제 보이지 않는다. 높고 높은 산봉우리들만 보이는데, 산 속에 들어찬 것이 안개인지 나무인지 분간하기가 어렵다. 그렇다면 어머니는 안개나 나무들 속에 계시는 셈이다.

그녀는 고향의 산을 버려두고 떠나기가 못내 아�섭다. 심장이 가슴으로부터 튀어 나오는 것 같다. 찐즈는 자기의 심장이 도려내져 어딘가 알 수 없는 곳으로 내던져지는 것 같다. 그녀는 떠나고 싶지 않다. 어렵사리 다리를 건너 또 작은 신작로로 접어든다. 앞에선 하얼빈성이 그녀를 부르기라도 하듯 모습을 드러내고, 뒤에선 고향의 산이 점점 멀어진다.

작은 길엔 쑥대가 없다. 일본 군인들이 나타난다. 그녀는 땅 틈 바구니로 숨어야 할까? 사방을 둘러본다. 심장이 두근거려 침착할 수가 없다. 얼굴에 땀방울이 많이 솟았다. 그녀는 마침내 일본 군사들에게 발각되고 말았다.

"너……! 서라."

찐즈는 총알을 맞은 것처럼 도랑으로 데굴데굴 굴러 떨어졌다. 일본 군인들이 가까이 다가가 그녀의 더러운 모습을 들여다본다. 그들은 살찐 오리처럼 '꽥' 소리를 지르며 몸을 흔들고는 그녀에게 아무 수작도 하지 않고 떠나가 버린다. 그들이 떠나고 난 뒤 한참 후에도 그녀는 여전히 일어나지 못했다. 그러다가 그녀는 흐느껴 운다. 나무통은 그 자리에 뒤엎어졌고, 작은 보퉁이는 나무통에서 굴러 나왔다. 그녀가 다시 걷기 시작했을 때엔 땅에 드리워진 그림자가 더욱더 길어져 가느다란 실 가닥 같다.

하얼빈성에서의 첫날 밤 찐즈는 작은 길가의 하수구 뚜껑 위에서 잤다. 그 거리는 노동자들과 인력거꾼들의 거리였다. 작은 음식점들이 있고, 최하 등급의 창녀들이 있다. 창녀들의 새빨간 바지가 때때로 작은 흙 집 문 앞에 나타나곤 한다. 별 볼일 없는 사람들이 이상한 자세로 새빨간 바지들과 어울려 천천히 웃고 얘기하다가 작은 집 안으로 들어갔다가 잠시 후 또다시 걸어 나오곤 한다. 그러나 아무도 흩어진 모습의 찐즈를 거들떠보지 않는다. 그녀는 마치 쓰레기통처럼, 혹은 병든 개처럼 거기 그렇게 버려져 있다.

이 거리에는 경찰도 없다. 거지노파와 작은 음식점 점원이 싸우고 있는데.

하늘 가득히 별이 반짝인다. 그러나 그것들은 모두 아득히 멀다. 그것들은 찐즈와 아무 인연이 없는 것들이다. 자정이 지난 다음 찐즈 곁으로 강아지 한 마리가 다가온다. 아마 화를 당한 강아지인 모양이다. 정처 없이 떠돌던 강아지는 나무통으로 기어들어가 잠을 잔다. 찐즈가 잠에서 깨어나 보니 해는 아직 뜨지 않았고 하늘에는 많은 별들이 빽빽이 들어차 있다.

거리의 많은 유랑자들은 벌써 작은 음식점 문 앞에 몰려서서 마지막으로 나누어 준다는 음식을 기다리고 있다.

찐즈는 다리가 끊어지는 듯 아파 일어설 수가 없다. 그러나 그녀도 밥을 구걸하는 사람들의 무리 속을 비집고 들어가 오래도록 기다리고 서 있다. 그러나 점원들이 밥을 내오는 모습은 보이지 않는다. 4월에 노숙을 한지라 뼛속까지 한기가 스며들어 떨린다. 다른 사람들이 그녀를 바라본다. 그녀는 몰골이 말이 아닐 자신의 모습이 자각되어 이 꼴을 보이느니 차라리 굶는 편이 낫겠다는 생각이 든다. 그래서 원래 있던 곳으로 되돌아온다.

밤거리, 이것은 도대체 어떤 세상인가? 그녀는 작은 목소리로 '엄마'를 불러본다. 하수구 뚜껑 위에서 그녀의 몸이 끊임없이 들먹인다. 절망하여 흐느끼느라. 그러나 그녀는 나무통 속에서 잠자고 있는 강아지와 마찬가지로 사람들의 주의를 끌지 못한다. 사람들은 마치 그들이 존재하지 않는 것처럼 생각하는 것 같다. 날이 밝았다. 그녀는 배고픔은 안 느꼈다. 다만 공허했다. 그녀는 머리가 텅 빈 느낌이었다. 가로수 밑에 옷 깁는 노파가 나타났다. 그녀가 노파에게 다가가서 묻는다.

"나는 새로 온 사람이에요. 새로 시골에서 온……"

그녀의 궁상맞은 꼴을 보고 옷 깁는 노파는 그녀에게 대꾸도 안 하고 덤덤한 표정으로 청량한 아침 공기 속으로 지나쳐 간다.

꼬리를 몰아붙인 강아지는 엄마에게 기대듯이 나무통에 기대고 있다. 강아지는 아침이라 아마 한기를 느끼는 모양이다.

작은 음식점에 점차 사람들이 보인다. 김이 무럭무럭 나는 한 만두 무더기를 창문을 통해 내고 있다.

"아주머니, 나는 시골에서 막 왔어요. ……저를 데리고 가 돈 몇 푼 좀 벌게 해 주세요"

두 번째에 찐즈는 성공을 했다. 노파가 그녀를 데리고 간 것이다. 그들은 좀 소란스럽고 탁한 냄새를 풍기는 거리들을 지나간다. 찐즈는 그제서야 이곳은 시골이 아니고, 낯설고 거리감 있고, 인정 없는 곳임을 깨달은 것 같았다. 길을 가는 동안 그녀는 내내 음식점 앞의 닭고기, 물고기, 양념 냄새 등을 제외한 그 밖의 것은 전혀 듣지도 못하고 보지도 못했다.

"너 양말은 이렇게 꿰매어라."

황금빛 아편 전매 간판을 단 집의 문 앞에서 찐즈는 작은 보따리를 풀고 가위로 헝겊을 잘라 생전 처음 보는 낯선 남정네의 해진 양말을 기운다. 그 노파가 또 그녀에게 가르쳐 준다.

"빨리 꿰매야 한다. 잘 깁고 못 깁고는 상관없어. 꿰매 붙이기만 하면 돼."

찐즈는 기운이 하나도 없다. 곧 죽어버리고 싶기만 하다. 아무리 애를 써도 눈을 뜰 수가 없다. 자동차 한 대가 그녀를 스치고 지나간다. 이어서 경찰이 달려와 그녀들을 윽박지른다.

"저리 가! 여기가 너희들에게 해진 옷 기우라고 있는 덴 줄 알아?"

찐즈가 급히 고개를 들어 말한다.

"총장(總長)님!* 저는 막 시골에서 왔습니다. 아직 규칙을 모릅니다."

시골에서 총장이라고 부르던 버릇 때문에 그녀는 경찰도 총장이라고 불렀다. 왜냐하면 그녀가 보기에는 경찰도 위풍당당한 모습이고, 역시 허리에 총을 차고 있기 때문이다. 사람들이 모두 웃음보를 터뜨린다. 그 경찰도 웃는다. 옷 깁는 노파가 그녀에게 또 가르쳐 준다.

"그 사람은 상관하지 마라. 말할 필요도 없어. 그가 너에게 잔소리를 하면 너는 뒤로 한 걸음 물러서기만 하면 되는 거야."

---

* 원문에서는 노총(老總).

찐즈는 금세 부끄러움을 느낀다. 자기 옷차림이 다른 사람과 다름을 느낀다. 시골에서 가져온 우그러진 통이 꼴 보기 싫어 그녀는 발로 툭 통을 찬다.

양말을 다 기웠다. 배의 공복감이 끊이지 않는다. 할 수만 있다면 그녀는 아무 곳에나 가서 무엇이든 훔쳐 먹고 싶다. 그녀는 바느질을 멈추고 길가에 서서 비스킷을 먹는 어린아이를 아주 오랫동안 뚫어지게 쳐다보았다. 그 아이가 마지막 비스킷 조각을 입에 넣을 때까지 그녀는 계속 그렇게 바라보고 있었다.

"빨리 기워라! 다 기우고 나서 점심을 먹자. ⋯⋯그런데 너 아침은 먹었니?"

찐즈는 과분하게 친절한 이 말이 뼈에 사무쳐 울음이 터져 나올 뻔 했다. 그녀는 말하고 싶었다.

'어젯밤부터 아무 것도 못 먹었어요. 물 한 모금도 못 마셨답니다.'

점심때가 되었다. 그녀들은 아편 집에서 나온 유령 같은 사람들과 같이 걷고 있다. 바느질 가게(女工店)에는 답답한 느낌이 서려 있었다. 찐즈는 그래서 또 한 번 여기는 시골이 아니라는 생각을 하게 되었다. 오로지 멍한 눈망울, 그리고 누리끼리한 얼굴들뿐이었다. 밥을 먹고 나서 모두들 대야 물로 세수를 할 때에야 찐즈는 비로소 이 방이 길이는 다섯 길이나 되고 중간에 칸막이 벽이 없다는 사실을 인식했다. 벽 주변엔 벌레들의 피 흔적이 잔뚝 나 있다. 온 벽에 검은색, 자주색 핏방울이 얼룩져 있다. 더럽고 썩은 보따리들이 벽을 에워싸고 쌓여 있다. 별의별 꼬락서니를 한 여자들은 하나같이 병을 앓고 있는 것처럼 보인다. 그녀들은 보따리를 베개 삼아 베고 누워 이야기를 하고 있다.

"내가 일 나가는 집 아씨(太太)는 내게 참 잘 해줘. 밥도 자기 먹는 것과 똑같이 주고, 자기가 만두를 먹으면 내게도 만두를 주곤 해."

다른 사람들은 이 말을 하는 여자를 쳐다보며 부러워한다. 잠시 후 누군가가 자기는 어떤 관저(公館) 심부름꾼에게 입을 꼬집혔다고 말한다. 그녀는 화가 치밀어 한바탕 병을 앓았다고 한다. 이어서 또 이러쿵저러쿵 끊임없이 얘기가 계속된다. 이런 사소한 얘기들을 찐즈는 이해할 수가 없다. 그녀는 '관저(公館)'란 무슨 뜻일까 곰곰 생각하였다. 아씨(太太)란 또 무슨 뜻인가? 그녀는 곰곰 생각하다가 자기 옆에서 담배를 피우고 있는 단발머리 여인에게 물어본다.

"아씨(太太)란 노마나님(老太太)이라는 뜻인가요?"

그 여자는 대답은 하지 않고, 담뱃대를 내려놓고, 구역질을 하러 간다. 그녀는 밥을 먹으면서 파리를 먹었다고 말한다. 그러나 기다란 방바닥에 누워 있던 도시의 그 여인들은 요절복통을 하며 깔깔거린다. 찐즈는 화가 치밀었다. 그녀들은 이 시골 여인이 우스워서 서로의 팔이나 어깨를 두드려가며 웃는다. 너무나 웃어서 마침내 눈물까지 찔끔거린다. 찐즈는 꾸어다 놓은 보릿자루처럼 한쪽에 앉아 있다. 밤이 깊어 잠들 무렵, 그녀가 처음에 알게 된 그 노파에게 말한다.

"내가 보기에 하얼빈성은 시골만 못한 것 같아요. 시골에서는 여자들끼리 친한데. 생각해 보세요. 낮에 저 여자들은 나를 비웃느라고 손뼉까지 치더라니까요."

말하면서 그녀는 보따리를 꽁꽁 묶는다. 왜냐하면 보따리 속에는 낮에 번 2각(二角)의 지폐가 감추어져 있기 때문이다. 찐즈는 보따리를 베고 도시의 냄새나는 벌레 무더기 속에서 잠든다.

찐즈는 돈을 대단히 많이 벌었다. 바지 말기에 작은 주머니를 꿰매 달고 2원짜리 지폐를 집어넣은 다음, 주머니 구멍조차 바지에 꿰매 붙였다. 바느질 가게 사람이 그녀에게 방세를 내라고 하자 그녀는 그 사람에게 말한다.

"며칠 뒤에 드리면 안 되겠어요? 나는 아직 돈을 못 벌었어요."

그녀는 할 수 없이 다시 말한다.

"있다가 밤에 드릴게요. 나는 시골에서 새로 왔거든요."

그 사람은 그래도 떠나지 않고 찐즈의 눈앞에 손을 내밀고 있다. 여자들이 점점 더 모여들어 찐즈를 에워쌌다. 그녀는 마치 연극판이라도 벌인 것처럼 많은 관중을 동원하게 되었다. 그 가운데 머리카락이 모두 빠져 분홍색 두피가 반짝이는 서른 살 남짓

한 뚱보가 유독 여러 사람들 앞으로 걸어 나와 찐즈에게 말한다.
(그녀의 목은 반짝이 실로 장식한 것처럼, 반짝이는 머리통으로
하여금 자유자재로 가벼이 돌고 떨게 만든다)

"빨리 줘. 니가 어째서 돈이 없다는 거야? 니가 돈을 어디다
두었는지 나는 다 알아."

찐즈는 화가 났다. 여러 사람들 앞에서 주머니가 뜯겼다. 그녀
가 가지고 있던 돈 가운데 4분의 3 정도를 빼앗겼다. 그 사람이
빼앗아 간 것이다. 그녀에게는 달랑 5각(角)만이 남았을 뿐이다.
그녀는 생각한다.

'5각의 돈을 어떻게 어머니에게 드릴 수 있어? 며칠이나 더 있
어야 2원을 벌 수 있을까?'

그녀는 거리로 나가 아주 오래도록 일을 했다. 밤에는 벌레에
물렸다. 사람을 습격하는 빈대 냄새가 물씬 풍긴다. 찐즈는 일어
나 앉아 온몸을 긁었다. 너무나 긁어서 피가 났다. 그러면 그제야
가려움이 그치곤 한다.

2층에서 두 여인이 욕설을 퍼부으면서 싸우는 소리가 들린다.
잠시 후 여자의 울음소리와 아이의 울음소리가 섞여 들린다.

어머니는 병이 다 나으셨을까? 아직 안 나으셨을까? 어머니가
몸소 나무를 해다 때시나? 비가 오면 집에 빗물이 새지 않을까?
점점 불길한 생각이 들기 시작한다. 혹시 돌아가셨는데 아무도
모르는 채 방바닥에 홀로 버려져 있는 것은 아닐까……

찐즈가 길을 걷고 있는데 자전거가 방울소리를 내며 그녀를 스쳐간다. 그녀는 금방 심장이 터질 것 같은 느낌을 받는다. 마치 자동차가 자기를 치는 것 같아, 그녀는 모든 잡념을 멈춘다.

찐즈는 돈을 벌 줄 알게 되었다. 그녀는 몇 번 홀아비들의 집에 가서 이불을 꿰매 주었다. 그럴 때면 남자들이 묻곤 한다.

"남편은 몇 살이지?"

"죽었어요!"

"몇 살이지?"

"스물일곱이예요."

어떤 남자는 슬리퍼를 끌고 걸어와 바지춤을 풀고는 이상한 눈초리로 찐즈를 훑어보며 이상하게 입술을 떨며 말했다.

"젊디젊은 과부로구나!"

그녀는 이런 말에 개의할 줄 모른다. 다 꿰매고 나면 돈을 챙겨 가지고 나왔다. 언젠가 한 번은 그녀가 문을 나오는 순간 사내가 소리쳐 그녀를 불렀다.

"돌아와……! 너 돌아와!"

모르는 사람이 이상한 느낌으로 절박하게 부르자, 찐즈는 빨리 돌아가야겠다고 생각했다. 뒤를 돌아봐서는 안 될 것 같았다. 밤에 잠자리에 들었을 때 그녀는 옆에 누운 주씨(周氏) 아주머니에게 묻는다.

"무엇 때문에 이불을 다 꿰매고 나서 돈을 받아가지고 나올 때면 그들이 저를 부르지요?"

주씨 아주머니가 말한다.

"너 그들에게 얼마를 받았니?"

"이불 하나를 꿰맸더니 5각을 주었어요."

"당연하지. 그래서 그들이 너를 부른 거야. 그렇지 않으면 무엇 때문에 네게 그렇게 많은 돈을 주겠니? 보통은 이불 하나에 2각이야."

주씨 아주머니가 피곤한 기색으로 한 마디 더 덧붙인다.

"떨어진 옷 깁는 여자들은 아무도 그들의 손아귀를 못 벗어나."

머리카락이 다 벗겨져 빛나는 두피를 한 예의 그 여자가 찐즈의 맞은편 방바닥에서 비열한 소리를 지르며 일어나 찐즈 옆으로 다가와 찐즈의 머리카락을 뽑을 듯이 손가락을 놀리며 말한다.

"애개개 이 어린 과부야, 너 운이 트였구나. 이제 돈도 벌고 기분도 풀고 하겠구나."

다른 사람들이 그녀의 탄성소리에 놀라 깬다. 그들은 그 대머리를 욕한다.

"죽일 년! 화냥 끼가 가득한 들짐승 같으니라구! 넌 남자 백명도 무서워하지 않을 테지? 남자 백 명도 모자라지?"

여자들은 서로 욕설을 주고받는다.

"그래도 두려워! 저 년은 남자 백 명이라도 모자랄 거야."

시끄럽던 벌떼가 조용해진 것처럼 여자들의 왝왝거리던 소리가 서서히 잠잠해졌다. 모두들 꿈속으로 빠져든 것이다.

"그래도 두려워? 저년은 남자 백 명이라도 모자랄 거야."

누구의 목소리인지 알 수 없지만, 그 말을 받아 주는 이는 아무도 없다. 그 소리는 휑한 방을 한 바퀴 빙 돌고 하얀 달빛이 비치는 창문으로 사라져버렸다.

찐즈가 러시아 스낵 집 비단창문 앞에 서 있다. 스낵 집 안의 진열장엔 기름기가 노랗게 스며서 반들거리는 갖가지 음식들, 즉 소시지, 돼지다리, 작은 통닭 등이 반들반들 빛을 내고 있다. 찐즈는 또 살찐 새끼 돼지 한 마리가 통째로 귀를 쫑긋 쳐든 모습으로 커다란 쟁반에 엎드려 있는 것을 발견했다. 돼지의 둘레에는 청경채와 붉은 고추가 놓여 있다. 그녀는 곧장 들어가 쟁반을 통째로 집으로 들고 가 어머니에게 보여주고 싶다. 그러나 그럴 수는 없다. 그러자 그녀는 또다시 왜놈들이 원망스럽다. 왜놈들이 시골을 교란시키지 않았더라면 자기네 암퇘지가 일찍이 새끼 돼지를 낳지 않았겠는가? 보따리가 겨드랑이에서 점점 미끄러져 떨어진다. 그녀는 자기도 모르게 음식점 문 앞에서 안절부절 하며 서 있다. 거리에 사람들이 많아진다. 그녀의 몸은 지나가는 행인들과 부딪친다. 아름다운 러시아 여인 하나가 스낵 집에서 나온다. 찐즈의 눈길이 그녀의 구멍 뚫린 샌들 속의 빨간 매니큐어 칠을 한 발가락에 얼른 간다. 여인이 굉장히 빨리 걸어간다. 남자보다도 더 빨리 걸어간다. 찐즈는 다시는 그 발가락을 보지 못한다.

인도에 '커어' '커어' 하는 소리를 내며 사람들이 큰 대오를 형성하고 지나간다. 철모를 보자 찐즈는 곧 그들이 일본군임을 알아본다. 할 수 없이 그녀는 스낵 집을 떠나 빠른 속도로 걷는다.

찐즈는 주씨 아주머니를 만났다. 그녀가 찐즈에게 말한다.

"살아갈 방법이 전혀 없어. 지금 입은 이 짧은 웃옷 외에는 갈아입을 옷도 하나도 없어. 옷감 한 자 끊을 돈조차 마련할 수가 없군. 열흘에 한 번씩은 바느질 가게에 돈을 내야 하는데 1원 5각이나 돼. 늙고 눈이 어두워 이젠 바느질도 느려졌어. 지금까지 나를 집으로 데리고 가서 바느질을 부탁하는 사람은 아무도 없었어. 한 달 밥값도 빚지고 있어. 이곳에 오래 살았기 때문에 만약 새로 오는 사람이 있으면 나는 쫓겨나게 될 거야."

횡단보도를 건너며 그녀가 또 말한다.

"새로 온 장씨 할멈은 병이 나자 쫓겨났어."

정육점을 지나가게 되었다. 찐즈는 정육점에서도 머뭇거린다. 고기 한 근만 사가지고 집에 돌아갈 수 있으면 좋겠다고 생각한다. 어머니는 반년이 넘게 고기 맛을 못 보셨다.

쑹화강(松花江)의 강물이 끊임없이 흐르고 있다. 아침이라 아직 손님은 없고, 사공들이 강가에서 무료하게 서로 욕지거리도 하고 웃기도 하며 노닥거리고 있다.

주씨 아주머니가 강가에 앉아 있다. 한동안 처량하게 앉아 있더니 눈물을 닦는다. 눈물이 그녀 만년의 운명 때문에 흐르고 있다. 강물이 가볍게 강기슭에 들이친다.

찐즈는 동요하지 않았다. 왜냐하면 그녀는 도시에 막 도착했기 때문에 도시에 대해 아무 것도 알 수가 없었던 것이다.

찐즈는 돈 때문에, 생활 때문에, 조심스럽게 홀아비 한 사람을 따라 그의 집으로 갔다. 방 안에 들어서자 침대가 보였다. 침대를 보자 그녀는 문득 두려움을 느꼈다. 그녀는 침대에 앉지 않고, 의자에 앉아서 우선 이불과 요를 꿰맸다. 그 남자가 천천히 그녀에게 말을 건다. 한마디 한마디가 그녀의 가슴을 뛰게 한다. 그러나 아무 일도 없었다. 찐즈는 그 사람이 자기를 매우 동정한다는 느낌을 받았다. 이어서 겹으로 된 윗도리의 소매를 꿰맸다. 그 옷은 그 사람이 몸에 입고 있다가 금방 벗은 것이다. 소매를 다 꿰매자 그 남자가 허리춤의 작은 호주머니에서 1원을 꺼내 그녀에게 주었다. 돈을 내밀면서 그 남자는 그녀를 향해 짧은 수염이 난 입을 비죽이며 말했다.

"과부! 누구 당신을 불쌍히 여기는 사람이 있소?"

찐즈는 시골 여자다. 그녀는 아직 그 사람이 동정을 가장하는지 아닌지를 꿰뚫어 볼 줄 몰랐다. 그녀는 '불쌍히 여긴다'는 말한 마디에 그만 감동되어 버렸다. 그녀의 마음에 물결이 일었다. 문 앞에 서서 감사하다는 말을 하고 싶었으나, 그녀는 감사하다는 말을 어떻게 할지 몰라 그냥 나와 버렸다. 그녀의 귀에 길가 커다란 물병 앞에 앉은 물장수의 피리소리가 울렸다. 빵집 앞에 빵을 싣느라 차 한 대가 길가에 멈추어 있다. 러시아 노부인의 알록달록한 머플러가 그녀를 스치고 지나갔다.

"어이! 돌아와. ……너, 아직도 꿰매야 할 옷이 있어!"

그 남자가 붉어진 목을 길게 빼고 뒤따라오고 있었다. 방 안으로 돌아갔으나 일감이 안 보였다. 남자는 원숭이처럼 털이 북실북실하게 난 가슴을 드러내고 두툼한 손으로 문을 잠갔다. 그리고 나서 자기 바지를 벗기 시작했다. 그는 찐즈를 은근한 목소리로 불렀다.

"빨리. ……작은 보배야."

그는 찐즈가 놀라 웅크리고 움직이지 않는 것을 보며 말했다.

"나는 바지를 꿰매라는 거야. 무엇이 두렵지?"

다 꿰맸다. 그 사람은 그녀에게 1원짜리 지폐를 주었다. 그러나 지폐를 그녀의 손에 놓아주는 것이 아니라 침대 밑으로 던진다. 찐즈는 허리를 굽혀 주웠다. 그녀가 지폐를 줍자 그는 또 빼앗아 갔다. 그리고 그녀로 하여금 다시 한 번 줍도록 던진다.

찐즈는 완전히 남자의 품속에 폭 안기게 되었다. 그녀가 불분명한 소리로 부르짖었다.

"엄마, 미안해요! ……미안해요, 엄마!"

그녀는 아무런 구원도 기대할 수 없었지만 미친 듯이 부르짖었다. 눈을 크게 뜨고 잠긴 문이 저절로 열리지 않나 하고 쳐다보았다. 그녀는 도망칠 수도 없었다. 결국 일이 벌어지고 말았다.

바느질 가게에서 저녁식사를 마쳤다. 찐즈는 마치 눈물 흔적을 밟고 걷는 것 같다. 머리가 대단히 어지럽고, 심장은 하수천에 빠진 것 같고, 다리뼈는 힘없이 흐물흐물하여 방바닥을 기며 자기 낡은 신발과 수건을 챙긴다. 고향으로 돌아가 엄마 품에 쓰러져 울고 싶다. 온돌 끝에 있던 병든 노파는 죽음에 직면할 지경이 되자 집주인에게 쫓겨났다. 여자들은 그 일은 덮어 두고 시비를 따지지 않았다. 그러나 찐즈는 그녀들의 관심을 끌었다.

"무슨 사건이 생긴 거야? 이렇게 조급하게?"

제일 먼저 주씨 아주머니가 묻는다.

"그 애, 틀림없이 돈이 굴러든 게야!"

두 번째로 그 대머리 뚱보가 어림짐작으로 말한다.

주씨 아주머니도 찐즈가 돈을 벌었다는 것을 알아챘음이 틀림없다. 왜냐하면 새로 온 사람은 누구나 맨 처음 돈을 벌면 지나치게 수치심을 품곤 하기 때문이다. 부끄러움과 원한이 그녀들을 무너뜨린다. 마치 전염병처럼……

"익숙해지면 괜찮아! 그게 무엇이 두려워. 돈을 번다는 것은 기정사실인데. 나는 황금 귀고리까지 수중에 넣게 되었다구."

대머리 뚱보가 선심을 베풀 듯 그녀를 어른다. 손으로 귀고리를 빼내면서. 다른 여인이 그녀에게 욕을 한다.

"체면도 모르는 것 같으니라구! 하루 종일 너는 줄곧 주책을 떨어."

옆으로 몰려들었던 그 여인들은 찐즈의 고통을 자기의 고통으로 느끼며 천천히 사방으로 흩어져 잠을 자러 간다. 이 사건에 대해서는 호기심도 관심도 표시하지 않는다.

찐즈는 용감하게 도시로 걸어들어 왔었다. 그러나 수치와 원한이 그녀를 다시 시골로 돌아가도록 내몰았다. 동구 밖 커다란 나뭇가지에 사람의 머리가 매달려 있다. 섬뜩한 느낌이 그녀의 골수를 파고들고, 피부가 얼어붙는 것 같다. 얼마나 무서운지? 피로 범벅된 사람의 머리라니!

어머니는 찐즈의 1원짜리 지폐를 받아들고 입을 못 다물고 하얀 이를 드러낸다. 그녀는 지폐 위의 꽃무늬를 보면서 한편으로 즐거워 참을 수 없다는 듯이 말한다.

"집에 왔으니, 하룻밤만 묵고 내일 곧 다시 가거라."

찐즈는 방바닥에 앉아 아픈 다리를 주무른다. 어머니는 딸이 무엇 때문에 즐거워하지 않는지는 개의치 않는다. 그녀는 지폐 한 장을 지니게 되자 한 장 더 가지고 싶은 생각이 들었던 것이다. 그녀는 많은 지폐를 수중에 넣을 수 있을 것 같은 생각이 들었다. 그녀는 딸을 격려해야만 했다.

"너는 옷을 빨아 챙겨야 한다. 내일 아침 일찍 꼭 길을 떠나야 하니까. 촌에서는 발전 가능성이 없어."

마음이 간절하여 그녀는 마치 딸을 나무라듯 한다. 딸에 대한 따뜻한 애정이 전혀 없는 것 같이 말한다.

갑자기 창문이 활짝 열리더니, 총을 든 까만 얼굴의 사나이가 뛰어 들어와 찐즈의 왼쪽 다리를 밟는다. 그 까만 사람은 헛간 지붕을 바라보고는 익숙한 솜씨로 헛간 지붕으로 기어 올라간다. 왕씨 아주머니가 뒤따라왔다. 그녀는 여러 날 찐즈를 못 보았으나 말 한 마디도 안 건네고 마치 아무도 안 보이는 것처럼 그냥 헛간 지붕으로 기어 올라간다. 찐즈와 어머니는 아무 것도 모르는 채 역시 기어 올라간다. 나쁜 소식은 황혼 무렵까지 들리지 않았다. 그들은 기어 다니는 벌레처럼 헛간 지붕에서 기어 내려왔다. 왕씨 아주머니가 말한다.

"하얼빈은 틀림없이 시골보다는 나을 것이다. 너는 다시 그곳으로 가거라. 그리고 돌아오지 말아라. 촌에는 일본놈들의 횡포가 점점 더 악랄해졌다. 그들은 배부른 여자를 잡아 배를 가르고 홍창회(紅槍會)*를 쳐부수는 거라고 말한다. 임신부 뱃속에서 살아 노는 어린 아기를 꺼낸대. 이 일로 리칭싼은 일본놈들의 대가리를 잘라 나무에 매달았다."

찐즈가 '흥' 하고 콧방귀를 뀌며 말한다.

---

* '붉은 총들의 모임'이라는 뜻인데, 항일을 목적으로 모인 의용군의 명칭으로 생각된다.

"전에는 남자가 원수 같더니 이제는 일본 왜놈들이 원수로군."

잠시 후 그녀는 서글픈 마음이 된다.

"나는 중국인도 원망하는 것일까? 나 외에는 아무도 원망하지 않아."

왕씨 아주머니의 학식은 찐즈보다 못 하다.

실패한 노란 약봉지

선발대가 남산 길에서 모퉁이를 돈다. 아이들은 엄마 품에서 아버지들을 송별한다. 큰 나무들 사이로 난 길을 지나 그들은 노를 저어 물을 건넌다. 그들의 옷과 장비, 그리고 행군 모습은 군대 같아 보이지는 않는다. 그러나 옷 속에는 용맹스러운 심장이 숨겨져 있다. 바로 이 심장 때문에 그들은 가고 있는 것인지 모른다. 그들은 마음을 철통같이 굳게 먹고 출발하였다. 높은 산언덕에는 이제 한 사람의 모습만 아직 사라지지 않고 보인다. 엄마 품에 안겨 있는 한 아이가 '아빠' 하고 소리친다. 아이의 외침은 아무런 대꾸도 못 듣는다. 아버지는 손 한 번 안 흔들어준다. 아이는 암석에 대고 소리쳐 본 것 같은 느낌이다.

여자들이 방으로 들어가 보니 방이 텅 빈 것 같다. 마치 하늘에 지어진 집인 것처럼 하얀 햇빛이 창문으로 비쳐들고 있다. 그러나 아무런 느낌도 없다. 그녀들은 남자들이 돌아오길 원하는 것이 아니다. 좋은 소식이 필요할 뿐이다. 소식이 온 것은 닷새 후였다. 늙은 짜오싼이 뼈만 앙상한 맨발로 이씨네 둘째 숙모네에 달려가 소식을 알려주었다.

"듣자니 리칭싼네는 공격을 받아 흩어졌대요!"

짜오싼은 눈에 띄게 어찌할 바를 몰라 하는 것 같다. 놀란 나머지 그의 수염이 또 금방이라도 입에서 떨어질 것 같다.

"정말? 돌아온 사람이 있어요?"

이씨네 둘째 숙모가 목을 가느다란 대롱처럼 늘여 빼고 갈라지는 목소리로 다급히 묻는다.

"정말이요! 핑얼이 돌아왔어요!"

짜오싼이 말한다.

칠흑같이 어두운 밤, 일본군이 어촌과 빠이치이뚠(白旗屯)과 싼지아쯔(三家子) 등을 공격했다.

핑얼은 왕과부 집에 있었다. 그는 애인의 가슴 속에서 휴식을 취하고 있었다. 갑자기 밖에서 개가 짖었다. 일본말 소리가 들렸다. 핑얼은 담을 뛰어넘어 달아났다. 그는 쑥대 속으로 숨었다. 두꺼비가 발 사이에서 뛰어 달아났다.

"이 새끼를 붙잡지 않으면 안 돼. 그들이 의용군과 접선할까 걱정이거든."

쑥대 속에서 핑얼은 누구의 목소리일까 하고 긴장하며 귀를 세웠다.

"앞잡이놈들, 개새끼들."

핑얼은 자기 애인이 그들에게 고문당하는 소리를 똑똑히 들었다.

"남자는 어디로 갔나? 빨리 말해! 말 안 하면 총살하겠다."

그들은 그치지 않고 욕설을 퍼부었다.

"너희들 이 암캐 같은 년! 돼지가 키운 암캐 같은 년!"

핑얼은 완전히 발가벗은 몸이었다. 벌거숭이인 채로 그는 아주 멀리까지 달아났다. 그는 옷자락을 찢어 땀을 닦고자 했으나 옷자락 같은 게 있을 턱이 없다. 다리를 긁다가 비로소 땅에 드리워진 자기 그림자가 발가벗은 아이와 같다는 것을 발견했다.

얼리빤의 곰보 여편네가 피살되었다. 루오취앤투이도 피살되었다. 두 사람이 죽은 뒤 마을은 이틀 동안 잠잠하였다. 셋째 날에도 또 사람들이 죽었다. 일본군은 온 마을을 샅샅이 뒤졌다. 핑얼이 찐즈네 헛간 지붕으로 올라가 밤을 새웠다. 찐즈가 말했다.

"안 돼! 아까 젊은 놈이 와서 헛간 지붕을 뒤졌었어."

그러자 핑얼은 밭 사이로 달려갔다. 총알이 끊임없이 그를 향해 발사되었다. 핑얼은 눈동자도 움직이지 않았다. 그는 가까운 곳에서 누군가가 외치는 소리가 들렸다.

"산 채로 잡아. 산 채로……."

그는 혼돈 속에서 모든 것을 다 들었다. 문짝 하나를 발견하고 밀고 들어갔다. 영감 한 사람이 밥을 짓고 있었다. 핑얼은 곧 눈물을 흘렸다.

"영감님, 살려 주세요. 저를 숨겨 주세요! 제발 살려 주세요!"

영감이 말했다.

"무슨 일인데?"

"일본놈이 나를 잡아 가려고 해요."

핑얼의 코에서 피가 흐른다. 그가 일본군이라는 말을 하는 순간 코피가 터진 것 같았다. 그는 온 방 안을 둘러본다. 틈바구니 하나 못 찾을 것 같았다. 그가 몸을 돌려 달려 나가려 하자 영감이 그를 붙잡았다. 뒷문으로 나가니 문 옆에 똥을 담아 두는 기다란 통이 있다. 똥을 파헤치며 노인이 말했다.

"기어 들어가게. 숨을 죽여야 해."

노인이 밥풀로 뒷문에 종이를 발라 막아 버렸다. 그리고 솥 곁으로 가 밥을 먹었다. 똥통 속의 핑얼은 누군가가 들어와 노인과 애기하는 소리를 들었다. 이어서 그 누군가가 문고리를 만지작거리는 소리가 들렸다. 곧 문이 열릴 것이다. 자기는 곧 붙잡힐 것이다! 그는 똥통 속에서 뛰어나올까 생각하였다. 그러나 순식간에 그 마귀들이 가버렸다.

핑얼은 안전했던 똥통 속에서 나왔다. 얼굴이 온통 똥 투성이였다. 하얀 얼굴에 붉은 줄무늬가 염색된 듯 나 있다. 코피가 아직도 흐르고 있었던 것이다. 그 모습은 아주 처참했다.

리칭싼은 이번에는 혁명군이 쓸모가 있겠다고 생각한다. 마을로 숨어 들어온 그는 다른 사람처럼 기력을 잃은 모습이 아니다. 그가 왕씨 아주머니 집으로 가서 말한다.

"혁명군의 장점은 그들이 일을 함부로 하지 않는다는 것이오. 그들은 기율이 있죠. 나는 이번에는 믿을 만하다고 생각해요. 붉은 오랑캐들은 끝장이 난 셈이오. 자기들끼리 싸우느라 온통 난장판이거든."

이번에는 청중이 아주 적다. 이제 사람들은 리칭싼을 믿지 않는다. 시골 사람들은 천성적으로 쉽게 실망을 하곤 한다. 누구나 쉽사리 실망을 하고 만다. 누구든지 끝장났다고 생각했다. 짜오싼만 실망하지 않았다. 그가 말한다.

"그렇다면 다시 조직하여 혁명군에 가담하지 그래."

왕씨 아주머니는 짜오싼의 말을 아이들의 말처럼 유치하다고 생각한다. 그러나 그녀는 그를 비웃지 않는다. 그녀 옆에는 남자 모자를 쓴, 나라를 구하기 위해 의용군에 참여했던 여자 영웅이 앉아 있다. 그녀가 말한다.

"죽은 사람은 그만 두고, 부상자는 어찌 되었습니까?"

"경상자는 모두 돌아왔지 않아요! 중상자는 돌볼 수가 없어요. 죽어도 할 수 없죠!"

바로 이 때 북촌(北村)의 노파 한 사람이 미친 듯이 울면서 달려와 리칭싼에게 대든다. 그녀는 그의 머리를 움켜잡고 마치 돌덩어리를 던지듯이 벽을 향해 내던진다. 입에서 이런 넋두리가 튀어 나온다.

"리칭싼……. 이 웬수……. 내 아들이 너에게 끌려가 목숨을 잃었다."

사람들이 그녀를 뜯어 말린다. 힘껏 몸부림치는 그녀는 미친 소보다 더 힘이 세다.

"이대로는 안 돼. 너 이놈! 나를 일본놈들에게 보내거라! 나는 죽으련다. ……죽을 때가 되었어!"

그녀는 이렇게 외치며 끊임없이 자기 머리카락을 쥐어뜯었다. 그리고는 터질 듯한 가슴을 부여잡고 쓰러진다. 그녀는 가만가만 왕씨 아주머니의 무릎을 두드리며 말한다.

"형님! 형님은 아마 내 마음을 알지? 열아홉에 과부가 되어 몇 십 년을 수절하며 아들 하나만을 믿고 살았는데……. 굶주리며 살았던 지난 세월들! 언젠가는 아들과 산에 올라가 띠를 베다가 큰 비를 만났어. 비 때문에 우리 모자는 데굴데굴 굴러 떨어졌지. 나는 머리가 부서지는 줄 알았어. 하지만 아직도 안 죽고 살 줄 누가 알았겠어……. 그때 ……일찍 죽었더라면 이런 꼴은 안 봤을 텐데."

그녀의 눈물이 왕씨 아주머니의 무릎을 축축이 적신다. 그녀의 울음은 서서히 흐느낌으로 바뀌었다.

"이제 내가 무슨 낙으로 살겠어……? 죽어야겠어! 일본놈들이 기다리고 있으니, 링화(菱花) 그 계집애도 자라나지 못할 거야. 그 애도 역시 죽는 게 나아."

그녀는 정말로 죽었다. 대들보에 목을 매단 것이다. 세 살짜리 아기 링화의 작은 목도 할머니와 나란히 매달려 있었다. 두 마리 말라비틀어진 생선처럼 높이 매달려 있었다.

마을의 사망률이 또 급속도로 높아지기 시작했다. 그러나 사람들은 별로 인식하지 못했다. 전염병이 돌았던 때처럼 온 마을이 또다시 혼미한 가운데 서서히 쇠망해가고 있다.

애국군이 싼지아쯔(三家子)를 출발하여 이 마을을 지나갔다. 펄럭이는 노란색 깃발에 붉은색으로 '애국군'이라는 글자가 쓰여 있다. 마을 사람들 중 일부는 그들을 따라 나서기도 했다. 그들은 어떻게 애국을 해야 하는지 모른다. 애국이 무슨 소용이 있는지도 모른다. 다만 그들은 먹을 밥이 없을 뿐이다.

리칭싼은 따라가지 않았다. 그는 애국군도 역시 오랑캐들이 조직한 것이라고 말했다. 늙은 짜오싼은 애국군 때문에 아들과 싸웠다.

"나는 네가 가야한다고 생각한다. 집에 있으면 소문이 나! 누군가가 너를 잡아갈 거야. 그들을 따라가 그들과 섞이면, 적어도 일본놈 하나쯤은 죽일 수 있을 테니, 그것도 좋고 또 속 시원히 속도 풀 수 있잖아! 나이 젊고 기운 넘치니 속 시원히 기분 한 번 풀어 보는 것도 좋다는 말이야."

　늙은 짜오싼은 식견이 전혀 없다. 조리 없는 그의 말은 아들을 설득시킬 수 없다. 핑얼은 아버지와 얘기를 할 때면 언제나 눈을 굴려 흘겨보거나, 동의하지 않는다는 듯 어깨를 한두 번 들썩일 뿐이다. 그는 이렇게 아버지를 업신여기듯 대하며 말을 전혀 받아들이지 않는다. 어떤 때 늙은 짜오싼은 혼자서 이렇게 생각한다.

　'늙은 짜오싼은 어째서 젊었을 적 짜오싼만 못한가?'

비구니

찐즈는 비구니가 되려고 결심하고 길을 나선다.

비구니의 붉은 벽돌 암자는 산모퉁이에 있다. 그녀가 문을 열려고 밀어보니 문이 열리지 않는다. 참새 떼가 마당에서 먹이를 쪼고 있다. 돌계단에 푸른 이끼가 잔뜩 덮여 있다. 그녀가 이웃집 여자에게 묻는다. 이웃집 여자가 말한다.

"비구니는 일이 터진 후로 안 보여. 소문에 의하면 집 짓던 목수와 달아났대."

철문 틈을 통해 들여다보니 집은 창문도 안 달린 상태이다. 마당 가운데엔 아직도 길고 짧은 나무토막들이 널려 있다. 어린 비구니 하나가 몸채에 처량하게 앉아 있는 게 보인다.

찐즈는 그 여자의 배가 부른 것을 보고 그녀에게 묻는다.

"너는 이렇게 부른 배를 하고도 감히 나다니니? 아직 못 들었어? 일본 왜놈들이 임신부들의 배를 갈라 '홍창회'를 깨부순다고 한다는 얘길 말이야. 일본놈들은 임신한 여자의 배를 갈라 가지고 싸움터에 나간대. 그들은 '홍창회'는 아무 것도 두려워하지 않지만 여자는 두려워한다고 말한대. 일본놈들은 '홍창회'를 '티에하이즈(鐵孩子)'*라고 부른대."

그 여자는 곧 울음을 터뜨린다.

"난 결혼 안 하겠다고 했는데 엄마가 그냥 놔두지 않았어. 엄마는 일본놈들이 처녀는 잡아간다는 거야. 이봐! 이 노릇을 어찌하면 좋을까? 아이 아빠는 떠나더니 돌아오지 않고……. 그는 의용군에 가담하러 갔어."

누군가 한 사람이 암자 뒤에서 기어 나온다. 쩐즈네는 놀라 달아난다.

"당신들 귀신이라도 보았소? 내가 귀신이요……?"

지난날 아름답고 젊었던 젊은이가 죽어가는 뱀 같은 모습을 하고 기어 돌아왔다. 다섯째 고모가 뛰어나와 자기의 남자를 바라본다. 그녀는 얼마 전 누군가로부터 그가 부상당했다는 말을 들은 것이 생각났다. 다섯째 고모가 그에게 묻는다.

"의용군은 모두 흩어졌어요?"

"모두 흩어졌어. 모두 죽었어! 나도 죽은 거나 마찬가지야."

그는 한 손으로 풀을 꺾어 몇 바퀴 돌린다.

---

* 쇳덩이 같은 아이.

"이 여자야! 내 꼴이 이 모양인데도, 무슨 다정한 말 한마디 안 하니?"

다섯째 고모는 고개를 숙인다. 마치 잠자는 해바라기처럼. 배가 부른 여인은 집으로 돌아갔다. 찐즈는 또 어디로 가야할까? 그녀는 출가하여 비구니가 되고 싶었으나 이제 암자는 그녀를 받아들일 수 없게 돼버렸다.

불구의 다리

"혁명군은 어디에 있지?"

얼리빤이 갑자기 짜오싼에게 묻는다. 얼리빤의 이 말은 짜오싼에게 '이 사람이 일본놈들의 앞잡이인가?' 하는 의구심을 갖게한다. 그는 그에게 알려주지 않았다. 얼리빤은 또 리칭싼에게 가서 묻는다. 리칭싼이 대답한다.

"알려고 하지 마. 며칠 후에 나랑 같이 가면 돼."

얼리빤은 곧장 혁명군으로 달려갈 것처럼 조급하다. 리칭싼이 느린 어조로 그에게 말한다.

"혁명군은 반석(盤石)에 있어. 자네 갈 수 있겠나? 내 보기에 자네는 담력이 전혀 없는 것 같은데. 염소 한 마리도 못 죽이잖아."

이어서 그는 일부러 그를 부끄럽게 하려는 듯 말한다.

"자네 염소는 잘 있나?"

얼리빤이 화가 나서 눈을 흘긴다. 눈의 흰자위가 금방 검은 눈동자보다 많아진다. 열정으로 끓어오르던 마음이 즉각 얼어붙는 것 같다.

리칭싼은 더 이상 그와 말을 하지 않고 창밖 하늘 저쪽 멀리에 있는 나무를 바라보며 작은 목소리로 고개를 흔들며 짧은 노래를 부르기 시작한다. 얼리빤이 문을 나서려 하자 주방에서 땀을 흘리며 일하던 리칭싼의 아내가 그를 향해 말한다.

"이씨 아저씨, 진지 잡수고 가세요!"

리칭싼이 가련한 얼리빤의 모습을 보고 웃으며 말한다.

"집에 돌아가 봤자 뭐 별 거 있어? 마누라도 없는데. 밥이나 먹고 다시 얘기하세."

얼리빤은 자기 가정이 없어진 뒤 남의 가정이 부러워졌다. 그는 젓가락을 들자마자 눈 깜짝할 사이에 보리밥 한 그릇을 게눈 감추듯 뚝딱 먹어 치운다. 이어서 그는 또 두 그릇을 고봉으로 더 먹었다. 다른 사람들은 아직 밥 한 그릇도 다 못 먹었는데 그는 벌써 담배를 피우고 있다. 그는 국을 한 모금도 마시지 않고 밥만 먹은 후 담배를 피워 물고 있는 것이다.

"국 좀 마셔요. 배춧국이 참 좋은데."

"안 마셔요. 마누라가 죽은 지 사흘이 됐는데, 사흘 동안 마른 밥을 못 먹었어요."

얼리빤은 고개를 젓는다. 리칭싼이 재빨리 묻는다.

"자네의 염소는 마른 밥을 먹나? 못 먹나?"

얼리빤은 배불리 밥을 먹자 모든 것이 희망적으로 생각되었다. 그는 화를 내지 않는다. 이전처럼 혼자서 웃기 시작했다. 만족을 느끼며 리칭싼의 집을 떠난다. 좁은 길에서 끊임없이 담배를 피운다. 끝없이 펼쳐진 하늘빛도 결코 그를 슬프게 하지 않았다. 두꺼비가 시냇가에서 소리 내 울고 있다. 시냇가의 작은 나무들이 바람따라 소리를 내고 있다. 그는 지난날의 자기 밭을 밟고 걸어간다. 지난날과 같은 마음의 물결을 일으키면서. 채소밭에는 뿌리채소조차 나 있지 않다.

저 쪽 인가에서 늙은 노파와 어린아이들 몇 명이 황혼의 빛을 받으며 밭에 엎드려 무엇인가를 하고 있다. 밭끝에서 만난 그들에게 얼리빤이 말한다.

"당신들 땅을 파고 있수? 땅속에 무슨 보물이라도 있수? 있다면 나도 쭈그리고 앉아 파고 싶은데."

아주 작은 아이가 가냘픈 소리로 말한다.

"밀 이삭을 주워요"

아이는 즐거운 것 같다. 늙은 할머니가 저쪽에서 한숨을 쉰다.

"보물이 있냐구요? 하느님 맙소사! 아이들이 배고파 울부짖길래 애들을 데리고 나와 밀 이삭을 줍는 것이오. 주워 가지고 해 먹이려고."

얼리빤이 한 모금 빨아 마시도록 피우던 담뱃대를 노파에게 건네준다. 그녀는 담뱃대를 받아들자 침도 안 닦고 입에 물더니 맛있게 빨아댄다. 분명 그녀는 담배를 피우는 습관이 있었던 것 같다. 게다가 몹시 피우고 싶었던 것 같다. 그녀는 어깨를 높이 추키고 눈을 꼭 감은 채 짙은 연기를 입과 코를 통해 연신 뱉어낸다. 그 모습은 아주 위험해 보인다. 그녀의 코에 금방이라도 불이 붙을 것 같다.

"한 달 남짓해요. 담뱃대를 못 만져 본 지가."

그녀는 여전히 담뱃대를 돌려주고 싶지 않은 듯하다. 그러나 이성이 그녀에게 강요한다. 얼리빤은 담뱃대를 받아 들자 그것을 땅에 대고 '탕ㅡ 탕ㅡ' 소리를 내며 두드린다. 이미 온 천지가 조용하기 그지없다. 하늘 위 붉은 노을에는 새들이 날지 않고 인가의 울타리 안에도 개 짖는 소리가 안 들린다.

노파가 천천히 허리춤에서 종이 뭉치를 꺼낸다. 종이 뭉치를 손으로 펴더니 반듯하게 접는다.

"이제 집으로 돌아가 보시오 마누라와 아들이 모두 죽었으니! 누가 당신을 구할 수 있겠소 그러나 집으로 돌아가 보시오. 가보면 알게 될 터이니!"

그녀는 마치 부적을 가리키는 것처럼 그 종이를 가리킨다.

날이 더 어두워졌다. 눈앞이 깜깜할 정도로 어두워졌다. 가장 어린아이는 몇 걸음 걸어가다가 금방 할머니의 다리를 붙들고 눌어붙는다. 그 아이는 끊임없이 칭얼댄다.

"할머니, 내 소쿠리가 가득 찼어요. 난 들 수가 없다구요"

할머니가 그 아이 대신 소쿠리를 들고 그 애 손을 잡는다. 좀 큰 아이들은 전위대처럼 앞서서 달린다. 집에 이르러 할머니가 등불을 켜고 살펴보니 소쿠리에 가득 찬 것은 쑥대였다. 쑥대가 소쿠리에 넘치도록 가득 들어있다. 밀 이삭은 없다. 할머니가 아이의 머리를 때리며 웃는다.

"이것이 네가 주워온 밀 이삭이니?"

할머니의 웃음 띤 얼굴이 슬픈 얼굴로 바뀐다. 그녀는 생각한다.

"이 애는 아직 밀 이삭을 분별할 줄 모르니. 아이를 책망할 수는 없지."

단옷날이다. 여름이기는 하지만 가을바람이 부는 것 같다. 얼리빤이 등불을 끄고 무서운 모습으로 처마 밑에 나타났다. 그는 식칼을 들고 방구석과 염소 우리, 마당 밖과 백양나무 밑 등을 골고루 찾아봤다. 그는 그에게 방해가 되는 것은 모조리 없애버리려고 한다. 빨리 염소를 죽이지 않으면 안 될 것 같다.

이것은 얼리빤이 떠나기 전날 밤의 일이다.

늙은 염소가 소리쳐 울며 돌아왔다. 수염 사이에 들풀을 달고 염소는 우리의 난간에 비벼 '삐그덕 삐그덕' 소리를 냈다. 얼리빤은 손에 든 칼을 더욱 높이 쳐들고 난간 쪽으로 걸어갔다.

식칼이 날아갔다. '척' 하며 작은 나무를 쓰러뜨렸다.

염소가 달려와 그의 다리 사이에서 가려운 곳을 부빈다. 얼리빤은 오래도록 염소의 머리를 어루만져 준다. 그는 매우 부끄러웠다. 예수교도처럼 염소에게 기도를 올린다.

아침 일찍 그는 마치 염소에게 애기라도 하는 것처럼 한동안 중얼중얼하다가 염소 우리를 잠갔다. 염소는 우리 안에서 풀을 먹고 있었다.

단옷날, 하늘이 맑다. 늙은 짜오싼에게 오늘은 단옷날 같지가 않다. 밀이 자라고 있지 않다. 밀 냄새조차 맡을 수가 없다. 집집마다 문 앞에 박이 매달려 있지 않다. 그는 모든 것이 변했다고 생각한다. 이렇게 빨리 변하다니! 맑고 밝았던 작년 단옷날이 눈앞에 선하다. 그날 아이들은 나비를 잡았었잖아? 그 역시 또 술을 마시며 즐겁지 않았던가?

그는 문 앞에 쓰러져 있는 나뭇가지에 앉아 이 잃어버린 모든 것에 대해서 조상을 한다.

리칭싼이 그를 지나쳐가려 한다. 그는 날품꾼 모습을 하고 있다. 맨발에 바짓가랑이를 걷어 올린 그가 짜오싼에게 말한다.

"나는 가오! 시내에 기다리는 사람이 있어. 나는 가오……."

리칭싼은 '단오'에 대한 애기는 입에 올리지도 않는다.

얼리빤이 멀리서 절름거리며 바삐 걸어온다. 그의 푸른 말대가리 같은 얼굴에 미소가 배어있는 것 같다. 그가 말한다.

"형님 여기 앉아 있었군요. 내가 보기에는 형님은 곧 이 나무 위에서 썩어버릴 것 같은데요……."

얼리빤이 고개를 돌려 돌아보니, 우리 속에 갇혔던 염소가 여전히 자기 뒤를 따라오고 있다. 그의 얼굴이 금방 더 길어진다.

"이 늙은 염소……. 나대신 좀 키우고 있어요! 짜오싼 형! 형님이 살아 있는 동안 나대신 키우고 있어요……."

얼리빤은 손으로 염소 털을 어루만지며 이별을 아쉬워한다. 그는 눈물에 젖은 손으로 마지막으로 염소 털을 만져준다.

그는 걸음을 재촉하여 앞서가는 리칭싼을 따라 잡는다. 늙은 염소가 뒤에서 끊임없이 울부짖는다. 염소의 수염이 천천히 바람결에 나부낀다.

얼리빤은 불구의 다리를 절룩이며 멀어져 간다. 그리고 희미해진다. 산봉우리와 숲은 가면 갈수록 점점 더 멀어진다. 늙은 짜오싼과 함께 있는 염소의 울음소리가 저 멀리서 아슴푸레 들려온다.

1934. 9. 9

옮긴이의 말

『생사의 마당(生死場)』은 1930년대 하얼빈 근교 소작농들이 모여 사는 작은 마을의 사람들이 항일투쟁을 벌이기 전후의 상황을 그린 단편소설이다.

항일투쟁을 벌이기 전 이 마을에는 강자가 약자를 억압적으로 지배하는 불화의 생존 구조가 형성되어 있었다. 지주는 소작농들을 착취하고, 남편은 아내를 학대하고, 부모는 아이를 학대하고, 연애를 하는 청년마저 애인인 처녀를 학대했다.

남편이 아내를 학대한 경우를 보면 얼리빤은 어리숙하고 덜 떨어진 아내 곰보 아줌마에게 습관적으로 언어폭력을 가하여 구박하였다. 짜오싼은 재혼한 아내 왕씨 아주머니가 두고 온 아들이 '붉은 수염'이라는 마적단 활동을 하다가 총살당한 것을 알고 독약을 마시고 자살을 기도했으나 쉽게 숨을 거두지 않고 며칠 동안 혼수상태에 빠져 있자 그 숨통을 빨리 끊어버리기 위하여 막대기로 그녀의 허리를 짓눌렀고, 그녀의 불쌍한 딸이 엄마와 같이 살고자 찾아왔으나 굳이 거부하고 박정하게 내쫓아버렸다. 또 중풍에 걸려 하반신이 마비되어 전혀 걷지 못하는 여자 위에 잉의 남편은 그녀의 배설물을 치워주는 대신 이불을 걷어버리고

늘 앉아만 지내는 그녀의 몸을 벽돌로 고여 놓고는 전혀 돌보지 않아 그녀의 엉덩이 아래에는 구더기가 득실거렸다.

부모가 아이를 학대한 경우를 보면 왕씨 아주머니는 세 살짜리 딸아이를 밀짚더미 위에 앉혀 놓고, 소에게 먹이를 주러 갔다가 아이가 밀짚더미에서 떨어져 그 밑에 있던 쟁기에 다쳐 죽게 했고, 재혼한 남편의 사생아 펑얼이 추운 겨울 날 남편의 새 신발을 신고 나가서 놀자 뛰어가 펑얼을 때려눕히고 신발을 빼앗아버림으로써 펑얼로 하여금 맨발로 눈길을 걸어 돌아오게 하여 펑얼은 발에 심한 동상을 입고 몇 달 동안 집안에 갇혀 지내는 고생을 하였다. 또 쩐즈의 남편 칭예는 단옷날 가난한 형편으로 음식 장만을 못하고 소금절이 채소와 죽뿐인 초라한 밥상을 받자 부부 싸움을 하던 끝에 악이 바짝 올라서 자기네 갓난아기를 집어던져 죽게 하였다.

연애 중인 청춘 남녀 사이에서도 학대구조가 존재하여, 청년 칭예와 처녀 쩐즈는 서로 사랑하는 사이인데도, 칭예는 결혼 전 쩐즈를 은밀히 만나면, 사랑의 밀어를 속삭이거나 키스를 하는 것이 아니라 완력으로 처녀를 울타리 모퉁이 쓰레기더미 위에 눕히고 본능적 욕망을 충족시키는 데에 급급하였다. 결혼 후에도 그의 그런 습관은 변하지 않고 계속되어 쩐즈가 만삭일 때 위험한 조산을 야기했다.

그러나 이러한 강약의 불평등 구조 속에서 살고 있는 약자들은 모두 순명(順命)만 할 뿐 관계 개선을 위한 시도를 아무 것도 해보지 않는다. 작가 샤오훙은 약자들의 이런 태도에 대해서 동정과 비판을 동시에 감행하였다. 그 예로 그녀가 평생 사람들을 위해서 일하도록 길들여져 있는 늙은 말에 대해서 행한, 다음 글을 보기로 하자.

　늙은 말은 꼬리도 흔들지 않고 조용히 그곳에 멈추어 서 있다. 주둥이로 돌고무래를 건드리지도 않는다. 먼 곳을 바라보지도 않는다. 어떤 것도 두려워하지 않는다. 일을 할 때엔 편안한 마음으로 시작한다. 여러 가지 밧줄이나 굴레 따위가 몸을 속박해도 말은 주인으로 하여금 채찍을 휘두르게 하지 않는다. 주인이 채찍이나 그 밖의 무엇인가로 때려도, 말은 거칠게 뛰어오르지 않는다. 왜냐하면 모든 지나간 연륜이 늙은 말을 규제하고 있기 때문이다.

　늙은 말은 고삐를 주둥이 아래로 늘어뜨린 채 혼자서 밀 이삭 위에 돌고무래를 굴리고 있다. 늙은 말은 밀알을 훔쳐 먹지 않는다. 궤도를 벗어나지도 않고, 한 바퀴를 돌고 나면 또 한 바퀴를 돈다. 밧줄과 가죽 조각이 번갈아 가며 털이 다 빠져버린 늙은 말의 몸을 비벼댄다. 늙은 동물은 혼자서 아무 소리도 안 내고 움직이고 있다.

　5년 전에는 이 말도 젊은 말이었건만 농사일 때문에 바짝 말라 지금은 가죽만 뼈대를 겨우 덮고 있다. 이제는 늙어 버렸다. 가을도 막바지다. 수확도 끝냈으니 쓸 데가 없다. 단지 말가죽 한 장 때문에 주인은 잔인하게도 이 말을 도살장으로 보내는 것이다. 바로 말가죽 한 장이라는 값어치 때문에 지주는 이 말을 왕씨 아주머니의 손에서 빼앗아가려는 것이다.

얼리빤의 아내 곰보 아줌마는 얼리빤의 구박에 대해 시정 요구를 한 마디도 하지 않고, 다만 자신의 능력을 인정받는 방법으로 자기 처우를 개선해 보고자 한다. 잃어버린 염소를 남편이 말리는데도 계속 찾아보려는 그녀의 의식은 바로 자기 능력을 인정받고자 하는 데에 초점이 맞춰져 있었다. 짜오싼의 아내 왕씨 아주머니도 자기 딸을 거부하는 남편 짜오싼을 설득하거나 맞서 싸우지 않고, 매일 물고기를 낚아 물고기를 안주로 매일 밤 술만 마신다. 위에잉은 자기 남편에 대해서 욕설은 해도 여전히 무력하다. 그들 여자들은 인간의 명령에 순종하는 말과 같이 남자들을 위해서 살고, 그들에게 편의를 제공하는 존재로만 규정되어 있었으나, 그녀들은 자기 행복을 확보하기 위하여 남편들과의 관계를 재조정해야 하겠다는 자각 같은 것을 하지 못한다. 남편에게 당하는 여자들이나 총각에게 당하는 처녀나 지주에게 당하는 소작인이나 부모에게 당하는 무력한 아이들 모두가 사람에게 몰인정하게 부려지는 늙은 말과 같은 처지인 것이다.

물론 이 마을 남자들은 지주들에게 무턱대고 당하고 있지만은 않을 생각이었다. 지주가 토지세를 올리려 하자 그들은 '낫모임'이라는 것을 만들어 지주에게 토지를 올리지 못하도록 압력을 가할 방법을 강구했다. 아들과 딸을 통해서 저항 정신이 남보다 일찍 싹텄던 왕씨 아주머니는 짜오싼과 동네 남자들의 이 거사를 심정적으로 적극 지지하였으나, 이 일은 불발에 그쳤다. 짜오싼이 자기 집 땔감을 훔치러 온 좀도둑을 지주가 보낸 사람으로 오해하여 몽둥이로 다리를 부러뜨리는 바람에 감옥에 들어갔다가 지주의 도움을 받아 석방되면서 '낫모임'은 무산되어버린다. 짜오싼은 출옥 후 종전보다 더 열심히 지주의 비위를 맞추는 데에 열을 올렸다. 그러므로 일본 제국주의가 이 마을에 들어오기 전 마을에서는 강자와 약자의 관계를 재조정하거나 전복시키기 위한 어떠한 노력도 실천에 옮겨지지 못했던 것이다.

그러나 10년 후, 1931년 9월 18일 일본이 유조구(柳條溝)의 만주 철도를 폭파시켜 놓고 중국이 폭파시킨 양 조작, 전쟁을 일으켜 삽시간에 산해관 동쪽의 중국 땅을 점령하고 청나라의 마지막 황제 부의를 영입하여 괴뢰 만주제국을 세우자 상황이 달라졌다. 이 마을 언덕에 일본의 임시 군영이 세워지고 일본 국기가 나부끼고, 왕도(王道)를 선전하는 깃발이 걸리고, 왕도를 선전하는 삐라들이 사방에 날아가 앉고, 10년 전에는 밀밭이 있던 비탈은 황무지로 변해 버리고, 마을엔 먹을 것이 씨가 말랐다. 이런 와중에 일본군은 자주 집안을 수색하고 여자들을 데려다가 정신대로 내보내는 등 공포 분위기를 조성하자 모두들 자기는 중국인이라는 자각이 생기게 되고, 그 결과 항일 농민의용군을 결성하여 싸움터로 나선 것이다. 의용군으로 나갔던 마을 사람들은 닷새 후 참패하였고, 살아서 돌아온 사람은 짜오싼의 아들 핑얼과 지휘자 리칭싼, 그리고 다섯째 고모의 남편뿐이었다.

　나는 소설가 샤오훙이 이 소설을 쓴 이유는 농민들의 항일전쟁 참여에 대하여 항일 이상의 의미를 부여하고자 한 것이 아닌가 생각된다. 항일투쟁은 일본의 억압적 지배에 대한 저항이요, 정당방어이다. 일본은 강자 중의 강자이다. 그러므로 일본에 대한 대항은 강자의 부당한 억압에 대하여 관계를 전복하거나 재조정하여 관계를 개선하려는 의식의 총화라고 볼 수 있다. 소설가 샤오훙은 그녀가 항일투쟁 10년 전의 이 마을 약자들에 대해서 비판했던 무저항적 순명 태도가 이제부터는 달라지지 않을까 하는 의미에서 이후의 역사를 희망적으로 전망하며 이 소설을 쓴 게 아닐까 하는 생각이 든다.

　　　　　　　　　　　　　　　　　　　　원종례

작가 및 번역자 소개

샤오훙(蕭紅)

1911년 헤이룽장 성(黑龍江省) 후란 현(呼蘭懸)에서 출생하였다. 1926년 하얼빈(哈爾濱) 여자제일중학(女子第一中學)에서 수학했으며, 5·4 운동의 영향이 남아있던 속에서 중국의 문학 작품과 외국의 문학 작품을 익혔다. 이 무렵 반일 감정이 격심하자 열심히 참가했다. 1932년 《여날》에 단편소설 『왕씨 언니의 죽음(王阿嫂的死)』을 발표하였고, 중국의 대표적인 소설가인 루쉰을 만나 그에게 큰 영향을 받았다. 단편집으로 『발섭(跋涉)』(1933)을 샤오쥔(蕭軍)과 합작으로 냈으며, 산문집 『시장의 거리(商市街)』(1934), 단편소설 『생사의 마당(生死場)』(1935), 『광야의 외침(曠野的呼喊)』(1937), 『호란하 이야기(呼蘭河傳)』(1941) 등을 쓰고, 1942년 홍콩에서 폐병으로 사망했다. 그녀는 딩링(丁玲) 이후 가장 뛰어난 여성작가로 꼽힌다.

옮긴이 원종례

1953년 전라북도 진안 출생.
서울대학교 중어중문과 학사, 한국방송통신대학 국어국문과 학사, 국립대만중문연구소 석사, 서울대학교 대학원 중어중문과 박사
한국중국문학이론학회 회장·한국중어중문학회 부회장·한국중국문학이론학회 부회장을 역임하였고, 현재 가톨릭대학교 동아시아 언어문화학부 중국언어문화전공 교수로 재직하고 있다.
대표 저서로는 『양만리시선』(문이재, 2003)이 있다.